L'ENFANT CYBORG ILLÉGITIME

PROGRAMME DES ÉPOUSES
INTERSTELLAIRES: LA COLONIE - 7

GRACE GOODWIN

BULLETIN FRANÇAISE

REJOIGNEZ MA LISTE DE CONTACTS POUR ÊTRE DANS LES
PREMIERS A CONNAÎTRE LES NOUVELLES SORTIES, OBTENIR
DES TARIFS PREFERENTIELS ET DES EXTRAITS

http://gracegoodwin.com/bulletin-francais/

LE TEST DES MARIÉES
PROGRAMME DES ÉPOUSES INTERSTELLAIRES

VOTRE compagnon n'est pas loin. Faites le test aujourd'hui et découvrez votre partenaire idéal. Êtes-vous prête pour un (ou deux) compagnons extraterrestres sexy ?

PARTICIPEZ DÈS MAINTENANT !

programmedesepousesinterstellaires.com

1

orik, Seigneur de Guerre Atlan, Centre de Recrutement des Epouses Interstellaires, Floride, Terre

MA BÊTE se réveilla en la voyant passer devant le Centre de Recrutement des Epouses Interstellaires. Son corps tout en courbes ondulait de façon aguichante, un garde humain la regarda attentivement, appréciant visiblement le balancement de ses hanches larges et accueillantes, le tressautement de sa forte poitrine. Elle portait ce que les humains appelaient un short mettant en valeur ses longues jambes fuselées et sa peau douce. Ses cheveux lui tombaient au milieu du dos, véritable cascade d'un noir de jais. Raides. Si noirs, que la lumière du soleil jouant dans sa chevelure lui conférait un étrange reflet bleu profond.

J'entendis le Sergent Derik Gatski – une vraie brute, pour un humain – siffler à côté de moi. Distinctement.

« Des frites avec votre milk-shake ? »

Je l'attrapai par le col et le fis décoller du sol sans lui laisser le temps de terminer sa phrase.

« Je vous interdis de manquer de respect à cette femme. Plus jamais. »

Il me fixait de ses yeux bleus écarquillés, terrorisé, mais s'abstint de dégainer le blaster qu'il portait à sa hanche. Il leva sagement les mains en signe d'apaisement.

« Mille excuses, Seigneur de Guerre, j'ignorais qu'il s'agissait de votre femme. »

Je ne rectifiai pas – ce n'était pas ma femme ... pas encore du moins – je le reposai au sol sans lui briser la nuque. Son sourire m'agaçait, je fuis son regard complice et me tournai pour apercevoir une dernière fois ma future femme.

Elle m'appartiendrait bientôt. Je lui tournais autour depuis des semaines, me rendais le plus souvent possible chez le glacier pour lui parler. La première fois qu'elle m'avait vu, elle était restée sous le choc. Effrayée par ma taille, ma voix grave, ma puissance. Par moi.

Ce n'était pas le but. J'avais besoin d'elle, excitée et consentante, sa peau douce contre moi, ma queue enfouie profondément en elle, ses cris de plaisir exciteraient ma bête.

Je ne voulais pas qu'elle me craigne. J'espérais autre chose. J'étais presque prêt à l'épouser. Ma bête piaffait d'impatience, furieuse que je mette si longtemps à assouvir ses désirs.

Mais je parvenais encore à me maîtriser. Je n'étais pas en proie à la fièvre d'accouplement. J'avais encore le choix. Et c'est elle que j'avais choisie.

Ma femme.

Ma bête grogna le seul mot qui me vint à l'esprit tandis qu'elle se dépêchait de traverser la rue, évitant les manifestants qui défilaient à l'autre bout du bâtiment. Elle se hâtait, par crainte sans doute d'être en retard. Je l'avais entendu parler de pointeuse mais ignorais ce qu'elle comptait faire d'une montre. Les montres, une technologie humaine dépassée. Et la plupart étaient loin d'être précises.

Je n'avais aucune idée de ce à quoi ma femme avait fait référence la moitié du temps où nous avions discuté, mais j'aimais ce que j'avais vu. Ou entendu. La concernant. Non, je n'aimais pas. Le terme était mal choisi. Un terme terrien. Je la désirais. Ma bite était entrée en érection, mes couilles étaient pleines. Je rêvais d'empoigner ses larges hanches à deux mains et de la posséder.

Oh oui, ma femme.

Frites *et* milk-shake.

Ma bête était partante. Mon côté primitif s'était réveillé le premier jour où je l'avais vue, non pas à cause de ses courbes exquises, mais de son odeur. Son odeur particulière flottait chaque jour, quand elle passait devant moi pour aller au travail. Biscuit et vanille. Je ne connaissais aucune de ces odeurs terrestres avant mon arrivée voilà quelques mois, mais ma bête adorait. L'homme et la bête étaient devenus accros au deux au cours de nos visites au magasin. J'avais l'eau à la bouche, je me demandais si elle aurait aussi bon goût que sa glace... partout.

Elle passait chaque matin, à dix heures, son T-shirt – qui ne cachait rien de son opulente poitrine – arborait Sweet Treats dans le dos. J'avais appris depuis que le glacier Sweet Treats était une boutique de glaces située à quelques pâtés de maisons du centre de recrutement, mais je préférais penser que le nom inscrit sur son T-shirt lui était spéciale-ment réservé. Elle serait ma friandise.

Je voulais la faire jouir. J'avais envie d'elle.

J'étais en poste sur Terre depuis quatre mois maintenant. Nous avions été autorisés à quitter l'établissement, nous pouvions nous déplacer sur un périmètre de huit kilo-mètres. La présence de gardes extraterrestres travaillant au

Centre de Recrutement des Epouses n'était pas un secret mais nous n'étions connus que de ceux vivant et travaillant à proximité. Nous ne nous aventurions jamais trop loin, les dirigeants de la planète Terre redoutaient l'invasion de géants Prillons de deux mètres, or et bronze, ou d'un Atlan de deux mètres en mode bête, provoquant ainsi la panique au sein de la population. Le gouvernement humain avait autorisé à contrecœur que des gardes extraterrestres surveillent les sept centres de recrutement sur Terre. Des épouses et des soldats franchissaient ces portes, nous avions besoin des deux. Le Prime Nial avait exigé de relever le niveau de sécurité après que les humains se soient montrés incapables d'empêcher l'intrusion d'espions et de traîtres.

Les gouvernants de la planète Terre avaient accepté de mauvaise grâce, exigeant que nous travaillions de concert avec les humains. D'où ce garde qui avait osé manquer de respect à ma femme, et l'humaine derrière lui. Les deux soldats terriens étaient mes collègues permanents lorsque j'étais de garde, mes contacts humains.

Ou plutôt, des gardes qui empêchaient le grand méchant Atlan de se transformer en monstre et dévorer les petits enfants.

Le devoir me retint au centre pendant encore deux bonnes heures, elle occupait toutes mes pensées. Je ne m'intéressais pas aux humains paranoïaques qui faisaient les cent pas sur le trottoir d'en face en tenant des pancartes étranges. J'avais abandonné depuis longtemps toute tentative de comprendre le sens de leurs revendications. Des slogans tels que « *E.T. Dégage* », « *Extraterrestres VOLEURS de femmes* » – les lettres de plus en plus grandes était source de nombreuses blagues parmi les gardes – et « *Votre fille n'est pas une esclave sexuelle pour extraterrestres* ».

Une esclave sexuelle ?

Je songeais, le cœur gros, à la femme que je comptais

épouser. La race humaine avait beaucoup à apprendre. Nos femmes étaient vénérées. Respectées. Traitées avec le plus grand soin, adorées pour ce qu'elles étaient ... des êtres précieux.

Nous ne les torturions pas ni ne les tuions dans un accès de colère ou de jalousie. Nous ne couchions pas avec sans leur permission, nous ne les battions pas ni ne leur faisions honte. Nous adorions les enfants, quel que soit le père. Les humains porteurs de pancartes nous accusaient – accusaient les planètes de la Coalition – d'être des sauvages.

D'après ce que j'avais vu aux informations et dans leurs émissions, les Terriennes seraient mieux traitées ailleurs que sur leur planète-mère.

Nous ferions peut-être mieux de prendre toutes leurs femmes et laisser la Ruche régler leur compte aux mecs.

Ma bête grogna son accord, prête à émerger et se battre avec ces idiots d'humains. Ma bête répétait la même chose en boucle ces temps-ci. *A moi. A moi. A moi.*

« Hé, Jorik. Tu m'écoutes ? » Le garde humain qui m'avait souri voilà deux heures me donna une tape sur le bras pour attirer mon attention. « Jorik ? On a de la visite. »

Je gardais le silence, attendant que l'humain qui empestait l'alcool et le tabac s'approche.

« On dirait qu'il est défoncé. Il ne tient pas sur ses jambes. » Derik avança d'un pas, son petit gabarit plus gênant que dissuasif si je décidais de foutre cet homme dehors. Mais j'étais content de laisser Derik gérer ce mec à problème, un des siens. « Je m'en m'occupe. Ce type est complètement pété. Ne t'en prends pas à lui, Jor. »

Je détestais ce surnom, putain.

J'aperçus la Gardienne Morda derrière l'intrus potentiel, elle se dirigeait vers le portique de sécurité pour prendre son poste, badge à la main – une main qui tremblait tellement qu'elle dût s'y reprendre à trois fois pour essayer de faire passer son badge, sans succès.

Cette femme paisible était terrifiée par cet humain puant au point d'être pétrifiée ? Si elle était nerveuse à ce point, ici, avec des gardes prêts à la protéger et la défendre, qu'est-ce que ça serait ailleurs ?

Basta.

Je me dirigeai vers le portique, retirai doucement le badge de la main de la Gardienne Morda et le scannai à sa place, tins le portillon ouvert, ma silhouette faisant écran l'empêchait de voir l'idiot ivre, qui vociférait avec Derik.

La gardienne leva les yeux et s'éloigna rapidement, comme à son habitude. Elle n'avait rien à voir avec la Gardienne Egara. Egara était une vraie tête brûlée, elle avait peur de rien, cette faible femme avait peur de son ombre. Elle parlait à peine et n'osait pas regarder les guerriers qui auraient volontiers donné leur vie pour la protéger. C'était l'ancienne gardienne du Programme des Epouses Interstellaires. Elle redonnait espoir aux guerriers qui se battaient dans toute la galaxie, les aidait à trouver l'âme-sœur.

« Bonne journée, Gardienne Morda. N'ayez pas peur de cet ivrogne stupide. Je l'empêcherai de vous faire du mal. »

Elle sursauta, effrayée par ma simple politesse.

« Merci, Seigneur de Guerre Jorik. » Elle me sourit timidement et se dépêcha d'entrer.

Une femme étrange. Elle dégageait une odeur florale capiteuse désagréable. Mais jouait un rôle important pour les guerriers de la Flotte de Coalition, pour la protection de la Terre et de nombreuses vies. Petite, fragile et féminine. Elle avait tout ce qu'il fallait pour que je lui offre ma protection.

A mon grand soulagement, Derik était parvenu à se débarrasser de l'autre imbécile, je ne perdis pas un seul instant et me frayai un chemin vers la seule femme qui occupait mes pensées.

Nous n'étions pas autorisés à garder nos armes en service, la mienne était restée au poste de garde, mon corps était la seule arme dont j'avais besoin.

Je demeurais une curiosité, même dans le périmètre qui nous était alloué. Les gens me fixaient. Les voitures freinaient brusquement. Il était évident, après avoir exploré la zone la première fois, que les Terriens mesurant plus de deux mètres n'étaient pas légion. S'il en existait, je ne les avais pas rencontrés. Pas facile pour moi de me fondre dans la masse, contrairement à l'Everian de garde le soir, ou le Viken rentré chez lui la semaine dernière. Au moins, je parlais leur langue ; maîtriser l'anglais était une des conditions pour être détaché dans ce centre terrien, les humains ne recevaient pas de neuro-processeur à la naissance, comme les nouveau-nés des autres planètes de la Coalition.

La première fois que j'étais entré chez le glacier, j'étais resté là à sentir l'odeur. Sucre, pâtisseries, vanille et... putain, elle. Elle m'avait regardé derrière le comptoir, j'étais foutu.

Elle avait le sourire aujourd'hui.

« Salut, Jorik. Qu'est-ce que je te sers ? J'ai un nouveau parfum qui devrait te plaire. »

Un seul parfum m'intéressait, je m'avançai, content que la boutique soit vide, à part nous.

« Lequel ? » Ta chatte mouillée ? Ta peau douce ? Je prendrais un de chaque...

« Monster Mash. » Elle rit, me taquinait. Ma bête grognait *à moi*, j'acceptai. Son regard brun était chaleureux, elle n'éprouvait aucune crainte bien que je fasse presque deux fois sa taille. Elle avait déjà vu plusieurs gardes extra-terrestres en passant devant le Centre de Recrutement pour aller au travail, elle les connaissait. Elle ne traversait pas de l'autre côté de la rue, morte de peur. Nous étions à nos postes et maintenions l'ordre. Au travail. J'étais soulagé de ne pas l'effrayer sur son lieu de travail.

Je ne lui faisais pas peur. Elle me sourit à nouveau.

« Vanille-fraise fourrée de nounours gélifiés en guise de monstres. Les enfants adorent. »

Elle se retourna, je soupirai presque de soulagement en voyant l'étrange rectangle en plastique sur son T-shirt. Un mot y est inscrit, en lettres capitales. Enfin. Un prénom. *Gabriela*.

« Merci, Gabriela. »

« Tu connais mon prénom ? » Son sourire était un pur bonheur, ma bête ronronnait presque.

Je le lui montrais du doigt.

« C'est indiqué sur ce petit rectangle blanc. »

Elle contempla ses gros seins, une légère rougeur rosit ses joues alors qu'elle relevait la tête – et constata que je la regardais fixement.

« Oh oui, il est tout neuf. La patronne vient de nous les donner. »

J'avais envie de caresser ses cheveux noirs et lisses, de sentir les mèches sous mes doigts. Enfouir mon nez dans son cou, humer son odeur, lécher son pouls. Descendre plus bas... putain, j'aimerais lécher son corps, plonger dans sa douceur, boire à sa source. Elle serait sans aucun doute lisse et mouillée, toute chaude et collante tandis que je la léche-rais. Je léchai la boule de glace qu'elle me tendit, sans penser à la nourriture. Je la léchais, faisais tournoyer ma langue. Je la goûtais. Je la dévorais.

2

Jorik

SES JOUES VIRÈRENT au rouge vif, son sourire s'estompa légèrement alors qu'elle se détournait et s'activait derrière le
comptoir.

Je supposais que je l'avais suffisamment dérangée pour
la journée. Ma bête gronda en signe de désaccord alors que
je me déplaçai pour m'asseoir dans un coin, loin d'elle et de
la porte. Je tournai ma chaise pour faire semblant d'ignorer
son regard insistant. Ma bête luttait âprement mais je n'étais
pas un animal. Pas encore. Je ne voulais pas lui faire peur.

Je comptais bien l'exciter. Faire monter la pression.
Qu'elle se languisse de mes caresses et de mon sexe.

Le premier jour, elle m'avait offert une glace à la vanille.
Le lendemain, au chocolat. Elle me faisait découvrir une
nouvelle saveur chaque jour. Je n'avais pas encore essayé
tous les parfums malgré mes visites hebdomadaires. Je n'en

avais rien à foutre. Tout ce qui m'intéressait, c'était la voir sourire à mon arrivée, nos doigts s'effleuraient tandis qu'elle m'offrait le dessert qui me procurait un soulagement des plus rafraîchissants sous l'air chaud de Floride.

Impossible de faire baisser ma température. Pas avant qu'elle ne soit à moi. Jusqu'à ce que je la pénètre, que je l'inonde de sperme. Que je la possède.

J'étais heureux. Pour l'instant. Nous discutions ; j'en apprenais un peu plus sur elle chaque jour. Enfant unique, elle avait vécu toute sa vie en Floride. Ses parents étaient décédés mais elle ne m'avait pas raconté les détails. Elle n'était pas propriétaire de la boutique de glaces, seulement gérante. Elle rêvait de posséder son propre magasin et non d'être une employée, j'avais appris qu'elle n'avait pas les fonds nécessaires pour vivre sa passion.

Ce qui la rendait vulnérable. Elle travaillait pour une autre. Dépendait du comportement ou des caprices de cette humaine. Je n'aimais pas savoir ma femme à la merci d'une autre pour survivre.

Non. Elle serait bientôt mienne. Je l'épouserais. Je prendrais soin d'elle.

Si seulement elle voulait de moi.

Mais pas ici. Nous ne pourrions pas nous marier et vivre sur Terre. Le gouvernement humain ne permettrait pas pareille union. Il faudrait qu'elle soit prête à quitter la Terre pour toujours. Quitter sa vie. Le chat roux de sa voisine, sa photo était collée au mur derrière la caisse. J'avais découvert le prénom de la créature, Citrouille — le nom d'un légume terrestre couleur orangé.

Qu'une créature griffue et crachotante qui tuait de petits oiseaux et mammifères soit son animal de compagnie préféré me donnait à espérer qu'elle apprendrait à aimer ma bête.

Je n'avais aucune raison de retourner sur Atlan sans

Gabriela — j'aimais son prénom, m'en repaissais. Ma famille se composait de quelques cousins. Un seigneur de guerre qui avait eu la chance de survivre à la fois à la Ruche et à la fièvre d'accouplement se voyait attribué des richesses et des biens, des domaines. Si je rentrais chez moi, je serais riche. Je pourrais veiller sur elle sur Atlan, la rendre heureuse. Lui offrir un palais et de beaux vêtements, des domestiques pour faire la vaisselle, ses mains ne seraient plus rugueuses et rougies par le dur labeur. Je voulais lui donner suffisamment d'argent pour qu'elle donne libre cours à sa passion. Maintenant. Mais je n'en avais pas. Je n'étais pas payé en argent terrien et l'argent Atlan n'avait pas cours ici. On nous avait remis une étrange carte plastifiée que les commerçants humains acceptaient comme moyen de paiement.

Argent ou pas, ses rêves étaient devenus les miens. Je voulais satisfaire ses désirs. J'en ressentais la nécessité. Ma bête également.

Elle était à moi et je l'aurais.

Rien ne m'en empêcherait.

Tout content d'être simplement au même endroit qu'elle, j'appréciais la sensation des petits bonbons froids qui fondaient dans ma bouche et me collaient aux dents. Cette friandise glacée n'existait pas sur Atlan, je m'étais découvert un penchant pour ce mélange frappant de glace et de sucre qui explosait sur ma langue. Je me détendais, je me sentais bien.

Le criminel humain n'avait pas regardé dans mon coin en entrant dans la boutique avec son arme.

Ce serait sa dernière erreur.

Les humains nommaient « pistolet » cette arme primitive lançant un projectile. Une arme basique pour ratés. Bruyante, avec une portée et des capacités de tir limitées.

Au final, la petite arme métallique argentée était

minable à tous points de vue. Mais elle pouvait tuer ma femme.

Gabriela le vit immédiatement, le regard de ma jolie femme derrière la caisse enregistreuse terrienne fit bondir ma bête avant même que je réussisse à la maîtriser. Ses joues habituellement roses, pâlirent. Ses yeux écarquillés transpiraient la peur. Elle tremblait.

Je le remarquai au premier coup d'œil. Elle se tenait près de la porte. Trop près. L'homme saisit son épaule d'une main en une fraction de seconde. De l'autre, il plaqua l'arme sur son front. Ils se tenaient tous deux derrière le comptoir où elle encaissait habituellement les clients.

Grand, pour un terrien, des cheveux noirs dépassaient de sa casquette. Un T-shirt beaucoup trop large ne faisait qu'accentuer sa minceur. Je pouvais le briser comme une brindille. Le pantalon bleu porté par la plupart des humains tombait sur ses hanches. Des marques couvraient ses deux bras. Des tatouages avec des dessins bizarres. Il était beaucoup plus grand que Gabriela, sa poigne était sûre, ses intentions, claires.

« Jorik ! » elle écarquilla les yeux en me voyant approcher. Elle tremblait comme une feuille, essayait de se détourner du pistolet. « Va-t'en ! »

Partir ? M'en aller ? Maintenant ? En la laissant ? Menacée ? Je fulminai à l'idée qu'elle veuille me protéger. Moi ! Je n'étais pas armé, bien que portant l'uniforme de la Coalition. Mais je n'avais pas besoin d'une arme pour lui venir en aide.

Son arme n'avait rien d'un pistolet laser, mais je savais qu'elle pouvait tuer, surtout pressée contre sa tête. La Terre était une planète primitive. Sans baguettes ou caissons ReGen, les gens mouraient forcément de blessures par balle. Ma Gabriela ne survivrait pas à une pareille blessure.

Ma bête se réveilla, je me sentis grandir, m'élargir. Ce...
ce... trou du cul menaçait ma femme ?

Il écarquilla les yeux en s'apercevant de ma présence.

Je lui souris. S'il croyait intimider une faible femme, il
ne ferait pas le poids devant moi. Il pouvait toujours vider le
chargeur de son arme primitive, mais à moins qu'il ne me
fasse péter le caisson, rien ne m'arrêterait.

« Tu oses menacer ma femme ? » demandai-je, ma voix
rendue rauque par ma bête.

« Ta gueule. » Il esquissa un rictus. « Je veux le fric, et
elle va me le donner. »

« Certainement pas. T'es déjà mort. »

« Non. » Il secoua la tête, comme si une autre option était
de mise. « Je veux juste le fric, mec. Obéis et tout se passera
bien. » Il tremblait encore plus violemment que Gabriela à
mesure que j'approchais. Mais il n'était pas complètement
stupide. Il pressait le flingue sur sa tête, plutôt que le pointer
sur moi. Je l'abattrais dès qu'elle serait en sécurité.

« Tu l'as touchée, tu as pointé un pistolet sur sa tête, »
j'énonçais l'évidence, la raison pour laquelle il allait mourir.

« T'es un putain d'extraterrestre, » il finit par diriger son
pistolet vers moi. Il était pas très malin, en fin de compte.

Ma bête devint encore plus enragée, elle avait hâte d'en
finir. Ma peau s'étira, ma vision s'affina.

Tuer. Mutiler. Détruire.

« Exact. » Ma voix était plus grave, ma bête prenait le
dessus.

« Tu... tu grandis ? » il me dévisageait, sa main tremblait.

Je fis un pas vers lui.

« Je suis un Atlan. Tu sais ce que ça implique ? »

Il secoua la tête frénétiquement et tira Gabriela devant
lui. Pour faire un bouclier humain. Elle cria devant son
geste, les yeux fermés tout en laissant échapper un petit

gémissement de douleur. Je savais qu'il lui ferait du mal, je grondai.

« Qu'une bête m'habite. Une bête qui n'aime pas que ma femme soit menacée. »

« Une bête ? » Son cerveau cogitait à toute allure, il regarda Gabriela pendant quelques secondes et la repoussa. Brutalement.

Elle tomba par terre, atterrit derrière le comptoir dans un grand bruit sourd, je ne pouvais pas la voir. Elle gémissait, sa respiration était courte, elle paniquait.

Inacceptable.

« Une bête, » répétai-je en grognant. Je ne contrôlais plus rien. La bête en moi avait pris le dessus. J'étais complètement métamorphosé. Un seul mot suffisait.

Cet idiot d'humain fit feu, la balle traversa l'air rapidement, mais pas assez vite. Ma bête s'écarta du chemin, je tendis la main, lui arrachai l'arme des mains et arrachai sa tête hurlante de ses épaules.

———

GABRIELA OLIVAS SILVA, *Miami, Floride*

MES OREILLES SIFFLAIENT, j'entendais la voix de Jorik de l'autre côté du comptoir. Puis celle du voleur.

Le coup partit.

Puis un cri – un cri terrible – interrompu par le bruit de… je ne voulais pas penser à ce que pouvait être ce bruit. J'avais trop mal à la tête, je m'étais cognée contre le comptoir en tombant. J'aurais une bosse, c'était apparemment et heureusement ma seule blessure. J'irais mieux si mon cœur ne tambourinait pas aussi fort, je craignais qu'il sorte de ma poitrine.

Une arme. Ce connard avait pointé une arme sur ma tête. Il aurait pu... il aurait...

« Gabriela ? »

La voix de Jorik mit un terme à ma crise de panique, j'essayai de m'asseoir sans avoir l'air d'une imbécile, c'est pourtant ce que je ressentais. Ce voleur traînait dans le coin, guettant une opportunité depuis deux jours. J'aurais dû m'en douter hier quand il était arrivé tôt et avait demandé à aller aux toilettes. J'aurais dû refuser. Mais il avait l'air d'en avoir besoin. Avec une chemise déchirée. Un jean déchiré. Des chaussures trouées au niveau des orteils, des lacets dépareillés, des cheveux sales et pas entretenus. Il avait l'air d'un sans-abri, ce qu'il était probablement, j'avais toujours eu un faible pour les laissés pour compte.

Les animaux, surtout. Mais j'avais fait une exception hier – et je le regrettais. Les animaux ne mentaient pas, ne trichaient pas, ne disaient pas des choses méchantes. Ils faisaient simplement de leur mieux. Les gens, par contre ? Les gens étaient dangereux.

Les extraterrestres aussi visiblement.

« Gabriela ? » Je sentis ses mains sur moi avant même de retrouver mes repères, il me souleva du sol souillé comme si je pesais une plume.

Quelle idée risible. Je gloussai, le laissai me relever, me collai contre sa poitrine... qui semblait... bien plus grande qu'en temps normal. Je gloussai de nouveau, ma crise d'hystérie était imputable au choc, mais je m'en moquais. Jusqu'à ce que je voie le sang. Sur Jorik. Pas beaucoup, mais cet abruti avait tiré sur cet extraterrestre géant. Jorik s'était fait tirer dessus ? Pour moi ?

« Jorik ? Ça va ? » Je me blottis contre lui, autant pousser un mur de briques de deux tonnes. J'étais grande pour une femme. J'aimais les glaces, et ça se voyait... partout. Mais impossible de le faire bouger. « Lâche-moi. Tu es blessé. »

Son rire n'était pas vraiment un rire, plutôt un gronde-ment qui résonnait à mes oreilles.

« Non. Toi blessée. »

Je dissimulai ma confusion et me demandai si j'enten-dais bien, ou si Jorik – si souriant, taquin, charmant – ne savait soudainement plus construire de phrases complètes. Il se vidait peut-être de son sang.

« Jorik, je ne plaisante pas. Je dois m'assurer que tu vas bien." »

« Non. Toi habiter où ? Moi occuper toi. »

« Oui. » Je me blottis encore dans ses bras, il approcha sa main énorme, immense, et pressa ma joue contre sa poitrine lorsque nous passâmes devant ce que je supposais être le cadavre du voleur. Cela me convenait parfaitement. Je ne voulais pas voir le résultat de ce hurlement déchirant.

« Mon appartement n'est qu'à quelques pâtés de maisons. Je vais bien. Pose-moi. Je peux marcher. »

« Non. »

Parfait. A vrai dire, je n'avais pas très envie de marcher. J'étais toujours paniquée suite au flingue pointé sur ma tempe, ce connard m'épiait depuis deux jours, j'aurais pu être tuée si Jorik n'était pas entré au bon moment. Mon cœur s'emballa à ce souvenir, impossible de respirer, ma poitrine était serrée comme dans un étau.

Jorik caressait ma joue et mon visage de sa main libre tout en marchant, comme s'il sentait ce que je ressentais. J'avais l'impression d'être un chaton qu'on chouchoutait, je me laissais aller. Jorik était grand, fort et super sexy. Il bossait en tant que garde au Centre de Recrutement des Epouses. Je le voyais souvent en poste les jours où j'allais au travail à pied. J'avais fait des recherches, il était originaire d'une planète dénommée Atlan. C'était une bête – j'ignorais ce que cela signifiait. Mais il n'avait pas l'air d'un monstre. Il avait les cheveux noirs et la peau mate, comme Dwayne

Johnson, en plus jeune et plus costaud. Le surnom de Rock conviendrait aussi très bien à Jorik. Et ses yeux ? Oh bon sang, des yeux qui sentaient le cul. Il incarnait le sexe, le désir, la tentation.

Il venait au magasin tous les jours depuis quelques semaines, je commençais à espérer que ce n'était pas uniquement pour les glaces.

Mais qui étais-je, pour avoir de telles pensées ? On faisait confiance à ce guerrier extraterrestre pour veiller sur l'un des édifices extraterrestres les plus importants sur Terre. Le centre de recrutement de Miami était la plaque tournante des Epouses Interstellaires, et recrutait également les soldats de la Flotte de la Coalition. Il n'y avait que sept sites dans le monde, les extraterrestres qui veillaient sur eux les protégeaient comme s'ils étaient en or massif.

J'avais vu des extraterrestres de Prillon Prime, d'Atlan et d'Everis – qui nous ressemblaient. Je savais que d'autres planètes existaient, ils préféraient vraisemblablement garder les guerriers particulièrement gigantesques ou rapides pour le poste de vigile. J'avais observé ces guerriers, Jorik notamment, alors qu'ils s'entraînaient ou jouaient à leurs drôles de jeux dans l'enceinte. Les Everians se déplaçaient si vite que je les perdais de vue, ça me rappelait les vampires à la télévision. Les guerriers prillons étaient... étranges. Avec des traits anguleux. Une peau d'une teinte inhabituelle. Cuivre. Bronze. Or. La plupart avaient des yeux dorés ou orangés. Ils mesuraient deux mètres, impossible de les confondre avec des humains.

Mais les Atlans ? Une allure de joueurs de football ou de basket, des superstars. Ils mesuraient au moins deux mètres. Jorik était grand comme pas possible, taciturne, un dieu vivant. Ils ressemblaient tous à des dieux du sexe, avec leurs muscles fuselés et leurs regards avides. Jorik, en particulier, avait ce fameux regard. Un regard qui me faisait me sentir belle, et pas « grande taille ». Un regard qui me donnait envie de me déshabiller et me pavaner devant cet homme, de régaler ses sens sans la moindre gêne.

Le Regard.

Il me décocha ce fameux regard tout en me portant jusqu'à mon appartement. Il me posa sur mes deux pieds le temps que je sorte la clé de la poche avant de mon short et déverrouille la porte. Il me souleva de nouveau une fois la porte ouverte. Son épaule était à portée de main cette fois-ci, comme s'il avait rétréci en marchant, je me demandai ce qui m'avait pris de penser qu'il mesurait trente centimètres de plus au magasin.

Il donna un coup de pied dans la porte qui se referma derrière lui, me posa et se retourna.

« Ferme. »

Je le regardai d'un drôle d'air mais obtempérai. Je ne me sentais plus en sécurité, c'était vraiment stupide. Personne ne viendrait avec lui. Ce qui n'était pas le cas avec cette porte en bois fragile pour seul rempart.

Un ersatz de sourire vint émailler son grognement, je retrouvais l'homme-extraterrestre charmant avec qui je discutais tous les jours avec plaisir au magasin. Le magasin...

« Merde. Il faut appeler la police. La propriétaire. Oh, mon Dieu. Je n'aurais pas dû partir comme ça. Elle va baliser. Et si des clients entraient ? »

Une petite glace praliné noix de pécan, ça vous dit, avec le cadavre ?

Je cachai mon visage dans mes mains.

« Oh, mon Dieu. Qu'est-ce que je vais faire ? »

Jorik m'attrapa afin que j'arrête de faire les cent pas. Je fis volte-face, ses mains étaient levées, comme pour toucher mon visage. Son regard passa de mes yeux à ses paumes, il se maudit à nouveau dans cette langue étrange.

« Je refuse de te toucher avec du sang sur les mains. »

Je le conduisis dans la cuisine, toute contente de me focaliser sur son problème plutôt que sur le mien. Mon côté coquin – je regorgeais d'idées et d'envies – me poussait à l'emmener dans la salle de bains, le déshabiller et me coller contre lui sous ma petite douche. Mais cela impliquait se déshabiller complètement et franchir une nouvelle étape de mon raisonnement.

Ce regard était peut-être normal, habituel, chez un extraterrestre.

Je réagissais peut-être ainsi parce que j'avais failli mourir voilà quelques minutes à peine. C'était peut-être dû au choc.

Je contemplais l'homme le plus parfait, le plus séduisant, le plus étonnant que j'aie jamais vu – en vrai ou sur le net – retirer sa chemise au beau milieu de ma minuscule cuisine.

Ce n'était certainement pas dû au choc. J'avais envie de lui. Depuis un moment déjà. Je pensais constamment à lui, je me demandais tous les jours s'il se pointerait à la boutique, j'étais heureuse comme pas deux lorsqu'il venait.

Il se lava les mains dans mon évier, il ressemblait à ce qu'il était – un étranger. Aucun homme n'avait mis les pieds dans cet appartement, encore moins un homme de la taille de Jorik. Sa tête atteignait presque le faux-plafond, il dut baisser la tête sous l'horrible néon solitaire plein d'une demi-douzaine de mouches mortes.

Plutôt gênant. Mais je détestais les mouches, et les enlever d'autant plus. Quand je quittais le glacier immaculé à la fin de ma journée de travail, je n'avais tout simplement plus l'énergie nécessaire pour sortir une échelle et m'attaquer à ce genre de tâche.

Et puis. Sa poitrine. Il avait du coffre. Et des épaules. Et oh, mon Dieu, son dos. Cent pour cent purs muscles. Un cul étroit semblable à deux boules de bowling moulées sous son pantalon. Personne n'avait de fesses aussi fermes, pas vrai ? J'étais molle de partout, mes os exceptés. Qu'un individu soit aussi musclé me paraissait irréel, je tendis la main pour toucher...

Avant de me reprendre. Non.

« Mais qu'est-ce qui m'arrive bon sang ? » murmurai-je en m'éloignant, je posai ma main sur ma hanche et me dirigeai vers la porte. Vérifier à deux fois le verrou me sembla soudain une excellente distraction, plutôt que de succomber à la tentation qui régnait actuellement dans ma cuisine.

Il s'était lavé, un mélange de liquide vaisselle et une odeur indéfinissable. Masculine. Musquée. Sauvage.

Je me fis violence pour ne pas me ridiculiser, appuyai mon front contre le panneau froid de la porte et essayai de réfléchir de façon rationnelle. Je devrais contacter ma patronne, la propriétaire. Une gentille femme d'une soixantaine d'années qui m'accordait des congés quand j'en avais besoin. Elle payait bien et était réglo, alors j'étais restée. Trois ans. Je devais l'appeler. Elle s'inquiéterait. Contacterait la police. Ils ne tarderaient sans doute pas à frapper à ma porte. Le magasin était équipé d'un système de télésurveillance, ils pourraient rembobiner la vidéo et savoir exactement ce qui s'est passé. Ils auraient besoin de ma déclaration. De Jorik. On devait s'en occuper. Dès maintenant.

Mais je n'en avais pas envie. Je ne voulais pas en parler. Je ne voulais même pas y songer. Plus jamais. Je voulais coller mes seins nus contre le dos de Jorik, enfouir mon nez contre sa peau et respirer son odeur. Le lécher partout, l'embrasser, le goûter et le mordre à en perdre la raison. J'avais envie de faire l'amour comme jamais, une partie de jambes en l'air d'anthologie avec un homme qui m'attirait vraiment pour la première fois de ma vie. Pas d'hésitation. Pas de mensonge. Pas de manipulation. Pas de préliminaires. Une débauche strictement animale.

C'était dingue, on n'avait fait que discuter. Je lui faisais goûter un nouveau parfum, on discutait pendant qu'il mangeait et il repartait. Je le connaissais peu, il n'était pas originaire du Kansas ou de Californie. Il venait d'une autre planète. Que pouvions-nous avoir en commun ? Pourquoi je m'intéressais à lui ? Oh oui, il était sexy et mon apparence tranquille dissimulait apparemment une obsédée sexuelle.

Je voulais me voir comme une bête sauvage, au moins une fois dans ma vie. Je voulais baiser comme une dépravée, du sexe torride comme dans mes livres préférés.

Je désirais Jorik. Sur moi. En moi. Qu'il me touche. Qu'il me fasse jouir pour tout oublier.

abriela

« TOUT VA BIEN ? »

Jorik était posté derrière moi. Il ne me touchait pas mais était si proche que sa chaleur m'enveloppait.

Je hochai la tête sans cesser de fixer la porte. Je craignais de faire le moindre geste. Je redoutais de lui sauter dessus si je me retournais. Ou pire ... qu'il s'en aille. Ils partaient tous, quoiqu'il arrive.

« Gabriela. J'ai besoin de te toucher. »

Oh mon dieu, cette voix. Ces paroles. J'entendais des voix ? Il m'avait appelée 'sa femme' au magasin. J'avais parfaitement entendu. Ce n'était pas le fruit de mon imagination. N'est-ce pas ?

Je fermai les yeux et me cognai le front à la surface froide de la porte. Sûrement le stress. Je n'étais pas assez sexy pour que ce magnifique homme-extraterrestre ait envie de moi. Mes cheveux noirs étaient longs et lisses. Pas bouclés. Rien de transcendant. J'avais une belle peau couleur café au lait, héritage de mes parents latino, mon meilleur atout. Mais après ? Rien. Je m'habillais au rayon grande taille et n'avais pas couché avec un mec depuis le lycée.

Non pas que je n'aie pas de besoins. Ma libido n'était pas en berne, je me sentais seule. Me donner du plaisir avec mon gode – mon petit ami à piles – deux fois par semaine était beaucoup plus simple qu'avoir le cœur brisé encore et encore... et encore.

« Tu devrais y aller, Jorik. Je ne crois pas ... je... »

« S'il te plaît, Gabriela. J'ai besoin de te toucher. »

« Comment ça ? » Je n'avais pas d'hallucinations. Il...

Il se pencha dans mon cou, son souffle chaud semblable à une douce caresse.

« Tu es magnifique, Gabriela. Si douce. Je ne peux pas me retenir plus longtemps. J'ai besoin de te sentir sous mes doigts. Sous mes lèvres. De découvrir ton corps centimètre par centimètre. Ce que tu aimes, ce qui te fait gémir. »

Il se pencha et m'embrassa sur la joue. Putain de merde, il était immense. Je me demandais si sa bite était aussi grosse que le reste.

« Je veux te faire frémir. »

J'avais la chair de poule. Sa voix. Mon Dieu. Une voix grave qui résonnait dans ma poitrine. Mes tétons durs comme la pierre se pressaient sous mon soutien-gorge.

« Que tu me supplies. »

« Jorik. »

« Ma bête ne peut pas se retenir plus longtemps. Nous devons te posséder. »

Ses quelques mots avaient suffi à foutre mon slip en l'air. Sa bête et la mienne feraient bientôt connaissance – sauf qu'elle était limite affamée et très branchée cul.

« Oui, » murmurai-je, toujours effrayée à l'idée de me retourner.

Cela ne le dissuada pas pour autant, il mit ses mains autour de ma taille, sa bouche se lova dans mon cou, il m'embrassait, me léchait, suçait ma peau douce.

Je haletais sous la caresse, devant sa... voracité. Ses mains exploraient mon corps. Hanches, ventre, taille et poitrine et retour vers mes hanches, le long de mes cuisses, partout sur ma chatte. Elles ne cessaient de s'activer, me découvraient.

Mon désir allait crescendo, je me liquéfiais presque sur place. Tout en douceur. Je plaquai mes paumes contre la porte, mon front contre la porte froide.

« Jorik, » répétai-je dans un soupir.

Il m'excitait comme pas possible, et j'étais encore tout habillée. Mon Dieu, j'allais jouir rien qu'en l'écoutant ?

J'entendis un grondement, comme un grognement. Tête baissée, je le regardai s'agenouiller derrière moi. Ses mains sur mes chevilles glissèrent à l'extérieur de mes jambes, par-dessus mon short, jusqu'à mon ventre. Toujours plus haut, il pelotait mes gros seins malgré mon soutien-gorge et mon T-shirt.

« J'ai envie de te voir nue, Gabriela. J'ai envie de te toucher partout. Te goûter. Te pénétrer avec ma bite. Te faire jouir inlassablement. »

Je gémis lorsqu'il titilla mes tétons durcis entre ses mains, je me pressai contre lui. Personne ne devrait me faire un tel effet avec mes vêtements. Je ne pouvais même plus réfléchir. Mon corps n'était que désir.

« Oui. Oui. Tout ce que tu voudras. »

Je le sentis frémir alors qu'il appuyait sa tête contre mon dos, son torse contre mes fesses, les mains tremblantes.

Je lui faisais donc tant d'effet ? Était-il aussi désemparé

et abasourdi que moi ? Avait-il besoin que je le touche ? Que je l'embrasse ? Que je le goûte ?

Je me retournai dans ses bras, dos tourné à la porte. Son visage était presque face au mien bien qu'étant à genoux. Dieu du ciel, il était gigantesque. Ses yeux sombres sentaient le sexe et quelque chose d'autre, quelque chose que je n'avais jamais vu sur le visage d'un homme auparavant, quelque chose d'indéfinissable. Je n'osais pas y songer, une sorte de respect. Une vénération.

De l'amour.

Mais c'était impossible. N'est-ce pas ? Je le connaissais à peine.

Il se figea alors que je levais les mains vers son visage, touchais sa joue, effleurais sa lèvre inférieure de mon pouce. Il était sublime. Vraiment sublime.

« Je vais t'embrasser. » J'ignorais pourquoi je l'avais prévenu mais je sentais que je devais l'avertir, comme s'il avait besoin de se préparer. Pour garder le contrôle et se préparer mentalement à une débauche des sens qui le mènerait au septième ciel.

Je frissonnai. L'avertissement me concernait peut-être. Je ne me reconnaissais pas. Je ne couchais pas avec des étrangers. Je ne faisais pas l'amour avec des extraterrestres. Je ne faisais pas l'amour du tout. J'avais toujours été complexée par mon corps, je détestais mon reflet dans le miroir. Que je veuille me déshabiller et me donner au premier venu était aux antipodes de mon caractère, j'avais du mal à comprendre ce qui m'arrivait.

Mais je n'allais pas non plus gâcher cette occasion. Jorik était magnifique. Une rock star, une star de cinéma, un magnifique dieu du sexe. Et pour une raison étrange, il semblait en avoir autant envie que moi.

Je baissai la tête, lentement, très lentement, le regardai

dans les yeux tout en m'approchant. De plus en plus près. Je les fermai juste avant que nos lèvres se touchent.

Il me laissa faire, ses grosses mains immobiles sur mes hanches, pendant que je le découvrais, que je le goûtais. Il avait un super bon goût. Indescriptible. Parfait.

Ma langue s'introduisit dans sa bouche, il bougea, tira sur mon short que je retirais en me contorsionnant. J'avais envie de peau à peau, je retirai mon T-shirt et restai devant lui en slip et en soutien-gorge.

Il me contemplait à loisir, me découvrait sous tous les angles. Je guettai un signe de déception qui ne vint pas. Son regard se fit plus sombre, plus intense.

Etait-il réel ?

Je l'avais bien cherché.

« Non. Ne bouge pas. » Il posa sa paume entre mes seins et me plaqua contre la porte. Il était hyper dominateur. Super sexy. Je poussai un gémissement.

Bouger ? Je pouvais à peine respirer.

Sa main libre glissa le long de ma cuisse nue. Dieu merci, j'avais mis un joli slip en soie ce matin et pas *une culotte de grand-mère*.

Mais mes hanches. Mon ventre. Mes seins énormes. Tout était hors normes, en plein devant son visage. Il demeurait immobile. Sans bouger. Il n'appréciait peut-être pas ? J'avais de la cellulite, un léger embonpoint. Est-ce qu'il...

« Voyez-vous ça. Tu es sublime. » Il se pencha en avant et déposa un baiser sur mon ventre, demeurant là comme s'il voulait me respirer.

J'expirai, je n'avais pas réalisé que je retenais mon souffle. Mon slip se retrouva sur mes hanches et atterrit sur mes chevilles en une fraction de seconde. Je gémis lorsqu'il me fit basculer suffisamment pour planter ses dents dans ma fesse.

« Jorik ! » m'exclamai-je. Ce n'était pas vraiment une morsure, il me mordillait. Mordit une grosse bouchée.

J'ondulai des hanches, excitée comme pas deux. Il poussa un grognement.

« Là. » Je sentis un doigt effleurer ma vulve mais j'étais incapable de bouger, coincée contre la porte. « Tu mouilles. Tu es prête. »

Il écarta les replis de ma vulve de ses doigts, je sentis l'air frais. A cet endroit. J'humectai mes lèvres, essayai de respirer mais j'étais trop excitée. Qu'est-ce qu'il fabriquait ? Je m'attendais à ce qu'il me baise par terre comme un sauvage. Un cinq à sept vite fait bien fait. Mais ça ?

Je n'y survivrais pas.

Je l'écoutai inspirer profondément.

« Ton odeur. Ma bête aime ton odeur. Aimera-t-elle ton goût ? Je me demande si tu es sucrée partout, et quel est le goût de ton sexe. »

Je ne savais pas les extraterrestres si bavards. Ni que je prendrais mon pied en entendant ses mots crus. Il m'excitait tout simplement avec son nez et ses mains baladeuses. En mordillant mes fesses. Voilà tout, j'étais à deux doigts de jouir.

Une main s'empara de ma hanche et m'attira en avant tandis que sa bouche se concentrait sur ma vulve.

Je hurlai en ressentant cette sensation, il me léchait d'avant en arrière. Encore. Comme une glace.

« Oh mon Dieu, » je poussai un gémissement lorsqu'il fit quelque chose de magique sur mon clitoris avec sa langue.

Il introduisit un doigt recourbé dans ma chatte. Il me baisait lentement. Il n'était pas pressé, adoptait un rythme méthodique, comme s'il avait tout son temps. « Une baise vite fait, bien fait » ne faisait pas partie du langage des Atlans.

« Jorik, s'il te plaît, » suppliai-je. Oh oui, je le suppliais. C'était trop, trop bon, et je ne le voyais même pas.

Sa main se déplaça sur ma poitrine, Jorik palpa un mamelon entre ses doigts, pétrit mes seins, tirant dessus jusqu'à ce que j'aie la tremblote, que mes genoux se dérobent.

« Ma bête est en manque, Gabriela. Inutile de supplier. On va s'occuper de toi. »

J'avais désormais deux doigts en moi tandis qu'il masturbait mon clitoris.

Il était doué. Extrêmement doué. Un mec m'avait déjà fait un cunnilingus mais je n'avais pas ressenti grand-chose. Maintenant, je savais pourquoi. Il ne savait pas s'y prendre. Je n'étais même pas sûre qu'il ait trouvé mon clitoris.

Mais Jorik ? Mon Dieu, Jorik était le dieu du cunnilingus.

Je hurlais de plaisir, ondulais des hanches, l'étouffais probablement avec ma chatte mais je m'en fichais. C'était sa faute. S'il voulait respirer, il n'avait qu'à me faire jouir.

Il n'avait pas seulement trouvé mon clitoris, il le possédait. En prenait possession. Il aspirait la petite protubérance sensible dans sa bouche et me léchait longuement tout en me baisant à l'aide de ses doigts. Je me contorsionnais sous l'effet de succion rapide et intense, je m'agrippais à ses épaules. Je me penchais en avant, j'avais encore envie. Il me procura enfin ce dont je rêvais. D'un seul coup de langue, en recourbant ses doigts.

Un mélange magique entre pression et succion, je montai au septième ciel, tel le feu d'artifice du 4 juillet.

Je plantai mes ongles dans ses épaules, mes genoux se dérobèrent, mais il ne céda pas, il me branlait. Il me baisait avec ses doigts. Ses doigts cédèrent bientôt la place à sa langue, son doigt recourbé s'introduisit dans mon anus, la sensation nouvelle s'ajouta à cette vague de sensations qui m'ébranlait tel un ouragan. Il s'enfonça en moi, me remplit, me lécha, me toucha jusqu'à ce que je jouisse pour la deuxième fois, incapable de tenir. Incapable de parler. Je pouvais à peine respirer. Pour la première fois de toute ma vie, j'étais au summum de l'excitation.

« Encore, » demandai-je, juste avant de me pencher et l'embrasser. Je passai mes bras autour de son cou tandis que nos langues se mêlaient. Je sentais son goût, et le mien.

Il me repoussa et contempla mes gros seins lourds. Il grogna, le bruit me fit sourire. En fait, je ris vraiment.

J'en profitai pour le regarder puisqu'il était torse nu, la peau mate, hyper musclé, quelques poils sur la poitrine, j'avais envie de toucher le moindre centimètre de son corps, de le découvrir de mes mains. Le caresser. Le faire gémir. Il était grand. Mon dieu, explorer son corps prendrait des heures. Je remarquai la protubérance dans son pantalon et réalisai qu'il était bien membré. On aurait dit qu'il avait un tuyau dans son froc. Incliné vers le haut et de biais, comme s'il essayait de s'échapper de sa prison.

Mon vagin pulsait, je me demandai si je réussirais à l'accueillir.

Il baissa la tête pour voir ce que je regardais. Il dégrafa son pantalon, sa verge se déplia dans sa paume ouverte.

« Oh mon Dieu. C'est monstrueux. »

Il se mit à rire tout en se masturbant. Une verge épaisse et longue, plus foncée que son torse, au gland bien évasé.

J'en avais envie. Je voulais m'empaler sur son manche. Le chevaucher.

Je me léchais les lèvres, j'avais envie de tout à la fois.

Je regardai derrière moi et le trouvai en train de me dévisager. Il attendait. La balle était dans mon camp. Il était énorme, mais je me maîtrisais.

Le savoir me procurait un sentiment de sécurité, je partis comme une fusée.

Merde. J'allais de nouveau jouir.

Je poussais doucement sa poitrine, sachant qu'il irait là où je lui dirais d'aller, ce qu'il fit. Il s'installa sur le tapis moelleux du salon, jambes tendues pour que je m'asseye à califourchon sur ses cuisses. Ce que je fis, je m'installai sur ses genoux, l'un en face de l'autre, mes cuisses sur les siennes. Il avait gardé son pantalon mais je n'étais pas aussi patiente que lui. Sa verge était sortie, c'est tout ce qui m'intéressait.

« J'ai envie de toi, » avouai-je en me levant pour m'empaler sur son membre.

Ses yeux croisèrent les miens, il soutint mon regard. J'ondulai des hanches jusqu'à ce que le bout de sa verge se presse à l'entrée de mon vagin.

« Jorik, » haletai-je. « Je t'en supplie. Prends-moi. »

« A moi, » il posa ses mains sur mes hanches et m'empala sur son sexe.

« Oh ! »

Il était énorme. Gigantesque. Je me dilatais, m'ouvrais en deux. J'étais pleine. Bourrée. Ma chatte était encore sensible des attentions qu'il m'avait prodiguées, ma chair tendre s'enroulait autour de lui comme un poing, l'enserrait alors que nous gémissions tous deux. Les parois de mon vagin se contractèrent et frémirent sur sa bite, semblables aux soubresauts post-orgasme, me poussant vers une prochaine jouissance.

Jorik gémit, attira mon corps vers lui jusqu'à ce que mon clitoris se plaque contre son abdomen, ma chatte grande ouverte, mon corps écartelé lui appartenait pleinement. Il me pénétra et je sentis un grondement monter de sa poitrine, résonner dans la mienne.

Mes pieds étaient campés au sol alors que je le chevauchais, je commençais à me soulever et m'abaisser. Plus profondément, plus brutalement, plus vite. Il m'aidait, se levait et s'abaissait en donnant des coups de bassin afin que nos corps bougent en rythme.

Je me branlais sur lui, l'utilisais pour me donner du plaisir. Mais je n'étais pas seule dans cette histoire. La sueur perlait sur son front, il poussait des grognements. Ses mains se mirent à bouger, il pelotait mes seins, jouait avec mes tétons, me pinçait le cul, écartait mes fesses pour me pénétrer un peu plus profondément alors que je le chevauchais.

Son doigt se fraya un chemin sur mes fesses, il caressa mon cul, ce simple contact m'excitait. Ma chatte se contractait, déclenchant une série de spasmes. J'étais tout étroite.

« Jorik, je... oh mon Dieu, je vais jouir ! »

Impossible de me retenir même en essayant, l'orgasme était si différent par rapport à celui procuré avec sa bouche. Sa bite énorme se frottait et se pressait sur des zones dont j'ignorais l'existence, me procurant un vif plaisir.

Je jouis, l'entendis répéter en boucle *à moi, à moi, à moi.* Ses mains s'immobilisèrent, sa bite s'élargit et il hurla un mot dans une langue étrange, tout en éjaculant. Profondément.

Je repris difficilement mon souffle tandis qu'il me maintenait. J'avais joui, et pas qu'un peu mais il m'avait retenue. Il m'avait protégée.

J'ouvris les yeux et le regardai tout en récupérant de cet orgasme d'anthologie qui s'estompait peu à peu. Je changeai de position mais il resta en moi, je sentais son sperme s'écouler, glisser le long de nos cuisses.

« Tu... tu bandes encore. »

Il sourit, un sourire furtif, fatal, nous retourna et m'allongea sur le dos, s'approcha de moi. Il était encore profondément en moi malgré notre changement de position.

« Je n'ai pas terminé, » et il se remit à bouger.

« Oh ! »

Oui, cette bête atlanne était un amant patient. Moi, l'excitée de service. Il m'avait laissée instaurer mon rythme la première fois, mais j'étais désormais à sa merci, il prenait appui sur ses avant-bras pour me soulager de son poids, me regardait en me baisant avec sa bite monstrueuse.

« Tu baignes dans mon sperme. Ma bête est heureuse de savoir que tu portes sa marque. »

Sa marque ? Quelle idée primitive. Bon sang, j'étais en train de me faire baiser par un homme des cavernes.

« Et ce n'est que le début, Gabriela. »

C'est la dernière chose qu'il dit avant de se mettre à l'ouvrage. De me baiser et me *marquer*.

La connexion était incroyable bien que nous nous connaissions à peine. Je ne me sentais pas seulement baisée, mais... possédée. Désirée.

Je jouis à nouveau, il était profondément enfoui en moi, il me pénétrait si profondément que je ne savais pas où il s'arrêtait et où je commençais.

Il était encore en érection bien qu'ayant joui. Nous étions en nage, de vraies loques, du sperme partout mais je m'en fichais. Il était encore prêt et ma chatte... me faisait comme mal, mais sans aucune sensation de douleur, seulement du désir.

La seule chose qui nous empêcha de continuer fut un drôle de bip. Il finit par se retirer au bout d'une minute de sonnerie ininterrompue. Je gémis en ressentant le manque, il s'empara de son pantalon et attrapa un appareil semblable à un étrange téléphone portable.

« Jorik, » une réponse brève.

La réponse fusa haut et clair, sur haut-parleur.

« Seigneur de Guerre Jorik, présentez-vous immédiatement au Poste de Commandant du Capitaine Gades. La police humaine a émis un mandat d'arrêt contre vous. Ne vous rendez pas. Arrivez sans incident. C'est un ordre. »

« J'ai besoin de plus de temps, Monsieur." Il me regardait,

voyait probablement une femme bien baisée, nue, avec des suçons, des marques rouges laissées par sa barbe naissante, une chatte comblée. Son sperme collait sur mes cuisses. Je matais sa bite. Toujours aussi dure, toute luisante de nos fluides corporels.

« Venez immédiatement, Seigneur de Guerre. Vous avez arraché la tête d'un humain, leur système vidéo archaïque a enregistré la scène. Il y a une sacrée pagaille diplomatique. Magnez-vous le cul illico ou j'envoie une escouade de gardes vous récupérer. »

« Oui, Monsieur. » Jorik balança l'appareil de communication sur le tapis, je le regardai s'habiller. Il ne dit rien. Pour quoi faire, d'ailleurs ? Merci pour la baise ?

Mais la conversation confirma ce que je savais déjà. Jorik avait tué cet homme pour me protéger. Je lui en savais gré, même si on m'avait toujours appris que tuer était mal.

« Jorik ? »

Il se tourna vers moi, tout habillé, il était redevenu un guerrier extraterrestre.

« Tu m'appartiens, Gabriela. Reste ici. Je m'occupe des autorités. »

Il se pencha et m'embrassa, juste une fois, un baiser tendre, ses lèvres douces s'attardèrent. Il posa sa main chaude sur mon abdomen en m'embrassant, comme s'il n'en avait jamais assez.

« Par tous les dieux, tu es la tentation personnifiée. La douceur à l'état pur. » Il caressait mon corps, de la hanche jusqu'au cou, je restais allongée comme un chaton, comblée.

« Tu reviens ? » j'eus la faiblesse de lui poser la question. Imbécile. Je regrettai mes paroles au moment-même où je les prononçais. Jorik m'embrassa à nouveau et se leva.

« Ce n'est pas terminé entre nous, Gabriela. Tu es à moi désormais. »

A moi. Il l'avait dit à plusieurs reprises pendant qu'on

baisait, mais l'entendre de la bouche d'un homme cartésien et habillé était différent.

Ça me convenait. J'étais d'accord pour être sa petite amie si ça signifiait faire l'amour comme des bêtes. Ma chatte gonflée et comblée, mes gros seins étaient d'accord. Renouveler l'expérience serait une bonne idée. Une excellente idée.

J'avais le sourire lorsqu'il franchit la porte. Je croyais qu'il reviendrait vers moi. J'étais son parfum préféré. Il voulait me goûter à nouveau. Encore.

La porte se referma, je roulai sur le côté, un sourire béat aux lèvres. J'étais en train de tomber amoureuse – non, je mentais – j'étais amoureuse d'un extraterrestre. Un sacré extraterrestre.

Et je n'eus aucun mal à utiliser son vocabulaire limité pour revendiquer mes droits.

« A moi. »

4

*J*orik, *Centre de Recrutement de la Flotte de la Coalition, une heure plus tard*

« C'est inacceptable, Seigneur de Guerre, » déclara le commandant du centre, sa main s'abattit sur la table. Une femme prillon de ma taille, elle dut se pencher pour effectuer ce geste. « Où aviez-vous la tête ? »

Je m'assis, bras croisés et la regardai fixement. Je m'en fichais. Ma bête grondait mais n'était pas intimidée.

« Ma femme était en danger, » répétai-je pour la troisième fois.

Son regard doré croisa le mien. Le soutint. J'étais certes plus grand mais elle n'était pas intimidée. Je n'étais pas le premier Atlan qu'elle affrontait et pas le dernier. Et j'avais l'impression qu'elle comprenait mieux les Atlans que les humains avec lesquels elle devait travailler au quotidien.

« Votre femme ? Je ne vois pas de bracelets de mariage à vos poignets. Et aucune trace d'un quelconque mariage, vous ne figurez pas dans la base du Programme des Epouses Interstellaires. Où aviez-vous la tête en couchant avec la première Terrienne venue ? Êtes-vous en proie à la fièvre d'accouplement ? »

Voilà qu'elle me toisait.

« Non. »

« Et vous prétendez cependant avoir une compatibilité, pour laquelle vous n'avez reçu aucun agrément, avec une femme ? Savez-vous combien de problèmes vous m'avez causé ? Vous avez décapité un homme et les humains ont tout filmé. »

Je haussai les épaules.

« Si c'était à refaire je le referais. Il méritait de mourir. Il menaçait ma femme. » Ma femme. Gabriela. Je songeais au temps passé ensemble... à chaque instant. La vision de son corps, la sensation de sa peau, son goût. Son odeur. Tout restait gravé dans ma mémoire. Ma bête, heureusement, était apaisée puisqu'elle avait été comblée, mon sperme avait imprimé sa marque. Il la comblait, même maintenant.

Elle secoua la tête en soupirant.

« Non, Seigneur de Guerre. Vous rendiez justice pour un crime humain. Vous avez non seulement ignoré les lois en vigueur sur cette planète, mais commis, à leurs yeux, un crime passible de la prison à vie. »

Je me redressai.

« Quoi ? » Cela attira mon attention. De quoi parlait-elle, bordel ? « J'ai protégé ma femme. Point. »

« Non, vous avez tué un humain qui voulait prendre de l'argent – pas la fortune personnelle de cette femme, mais celle de son employeur – il comptait voler l'argent de la caisse et partir. Et vous l'avez tué. » Elle s'appuyait au bord du bureau maintenant, son second soupir résigné m'effraya plus qu'un blâme pur et simple. « Vous êtes accusé d'un de leurs pires crimes, le meurtre au second degré, Jorik. »

« Je ne sais pas ce que cela signifie. »

« Vous connaissez le mot *'meurtre'* ? » répliqua-t-elle, sarcastique.

Je préférai me taire, sachant qu'elle n'attendait pas de réponse.

« Ce centre est considéré comme une ambassade internationale, vous êtes en sécurité ici. Ils ne peuvent pas venir et vous traîner dans leur prison, au tribunal. Devant leur... justice primitive. Vous êtes en sécurité, pour le moment. Des documents d'extradition m'attendent à la réception. Je ne pourrais plus vous protéger sans provoquer un incident interplanétaire dès lors que j'en aurais pris connaissance. Le Prime Nial sera impliqué, tout comme les Atlans. »

Merde.

« La loi stipule clairement que tout homme peut tuer pour défendre sa femme. »

« C'est la loi de la Coalition, Jorik. Pas celle des humains. »

« Ils font partie de la Coalition maintenant, non ? » je levai la main et indiquai cette planète éloignée et primitive.

« Oui, mais vous n'étiez pas sur le territoire de la Coalition lorsque vous protégiez votre femme. Et d'après la loi humaine, ce n'est pas votre femme. Vous n'êtes pas légalement mariés. Vous avez commis un crime humain sur un humain. Vous étiez dans une ville humaine. Sur leur territoire. Leurs lois s'appliquent. »

Elle fronça les sourcils d'un air plein de pitié, sa voix avait perdu de sa hargne. Elle m'énonçait simplement ce que j'avais fait de mal. Elle faisait preuve d'empathie, ça se voyait, mais elle avait un sale boulot à accomplir, et devait, une fois encore, respecter les règles des humains.

J'avais à peine dit au revoir à Gabriela avant de quitter son petit appartement, à la demande du Commandant du centre. J'étais arrivé tranquille comme Baptiste, sans joie aucune, je n'avais pas envie de quitter ma femme. Je n'avais pas honte de ce que nous avions fait. Plutôt le contraire. J'étais fier. Honoré qu'elle soit à moi. Ce que nous avions partagé était si... parfait. Elle savait maintenant que je ferais tout pour elle, je la protègerais du danger et vénèrerais chaque centimètre de son corps. Je reviendrai vers elle. Ou elle viendrait à moi. Les lois humaines ne pourraient pas nous séparer.

« Je ne quitterai pas ma femme. »

« Vous ne portez pas de bracelets de mariage, » répondit le Commandant à voix basse. Sa voix était plus que détermi-née. J'étais foutu. « Vous n'êtes pas en proie à la fièvre d'ac-couplement. Avez-vous demandé cette femme en mariage ? »

Merde.

« Non, mais je...nous... » Que pouvais-je dire sans la déshonorer ? « Elle m'a offert son corps. Nous avons couché ensemble. »

Elle ne cilla même pas.

« Vous ne l'avez pourtant pas épousée officiellement. »

« Je ne l'ai pas épousée, mais elle est à moi, » dis-je, les dents serrées.

Elle partit d'un rire dénué d'humour.

« Bienvenue sur Terre, Seigneur de Guerre. Vous vous êtes bien intégré mais les humains n'accordent pas la même importance que nous à l'acte sexuel. Elle ne vous appartient pas. Ce que vous avez fait s'appelle communément 'coup d'un soir' en argot humain. »

« Ce n'était pas un coup d'un soir, » répondis-je en me redressant et en croisant de nouveau les bras sur ma poitrine. J'avais les nerfs, quoi que je dise, elle ne compre-nait pas. « Ça date de ce matin... nous n'avons pas pu résis-ter. » Pas pendant que je la baisais, du moins. Elle était restée debout pendant que je la tenais et lui faisais un cunnilingus. Je sentais l'odeur de Gabriela, du sexe. Son odeur persistait, même maintenant. C'était peut-être la raison pour laquelle ma bête ne sautait pas par-dessus la table pour étrangler cette femme responsable, pour en finir avec ses reproches et retourner auprès de ma femme.

Le comportement du Commandant du centre était aussi rigide que son uniforme noir de la Coalition. Elle croisa les bras sur sa poitrine, à mon image.

« Aucune règle ne s'oppose à fraterniser avec les humains, vous n'avez par conséquent pas enfreint les lois de la Coalition. Mais le problème des lois *humaines* existe bien. Leurs règles diffèrent grandement, dès lors qu'il s'agit d'arracher une tête humaine. »

Je pensais à l'homme qui avait menacé Gabriela. Je n'oublierais jamais son regard de dément. Je n'oublierais jamais la peur de ma femme. Son regard m'avait fait bouillir de rage, ma bête s'était réveillée, se réveillait encore maintenant à ce souvenir.

« Il l'avait mérité, » grognai-je. « Il pointait une arme terrestre primitive sur ma femme. »

Le Commandant du centre ne rectifia pas l'emploi du terme 'femme' cette fois-ci.

« Je suis d'accord avec vous mais vous avez placé l'ensemble de la Coalition dans une position très délicate. Les gouvernements humains ne nous font pas entièrement confiance. Pas encore. Certains humains réfractaires battent le pavé avec leurs pancartes grotesques, scandent que nous sommes des extraterrestres. Ils ont peur, Seigneur de Guerre. Ils sont terrifiés. Ils sont petits. Fragiles. »

Ses paroles me détendirent derechef, mais elle poursuivit.

« Les images de télésurveillance fournies par la propriétaire du magasin montrent ce qui s'est passé, comment vous avez défendu cette Terrienne. »

Je me redressai et hochai la tête. Me fendis même d'un sourire.

« Très bien, ils verront donc que je n'ai commis aucun crime. Je retourne auprès de ma femme. » Pour la pénétrer à nouveau. Lui donner du plaisir jusqu'à ce qu'elle soit trop comblée, trop satisfaite pour faire autre chose que s'endormir dans mes bras.

Elle leva la main pour m'arrêter.

« Non. Les informations humaines ne diffusent pas cette partie de la vidéo au public. Ils ne montrent qu'un Atlan en mode bête arrachant la tête d'un homme à mains nues. Le nombre d'humains à l'extérieur qui manifestent contre notre présence a triplé au cours de la dernière heure. »

« Je protégeais ma femme, Commandant, » répétai-je pour la énième fois.

« Je comprends. C'est pourquoi vous êtes réaffecté au secteur 437 avec effet immédiat. Vous vous rendrez directement en salle de transport à l'issue de cette réunion. »

Je me levai d'un bond, ma chaise glissa en arrière et bascula.

« Pardon ? Réaffecté ? »

« La police de Miami a un humain sans tête sur les bras. Pour eux, ce n'était pas de la légitime défense puisque vous étiez, à l'époque, une bête extraterrestre de deux mètres quarante. S'ils parviennent à leurs fins, vous croupirez dans l'une de leurs prisons à vie. La diffusion des enregistrements est une preuve suffisante pour établir votre culpabilité, mais la tempête politique que vous avez créée vous empêchera d'avoir un procès équitable. »

« Convoquez ma femme. Je l'emmènerai sur Atlan. » Je serrais les poings, ma bête grognait.

Elle fit la moue.

« J'ai bien peur que ce soit impossible. Vous êtes toujours au service de la loi de la Coalition et vous devez respecter vos obligations militaires. A moins que vous ne souffriez de la fièvre d'accouplement, vous devez terminer votre service avant de pouvoir prétendre à une partenaire. »

Je regardai son cou dépourvu de collier.

« Vous n'êtes pas mariée. »

« Non. »

« Quand vous le serez, vous comprendrez. Je ne la quitterai pas. »

« Oh que si, » sa voix était glaciale. Il s'agissait d'un ordre, pas d'une proposition. « Les habitants de cette ville vont paniquer s'ils s'imaginent qu'une bête sauvage va leur arracher la tête, surtout chez un glacier. Un magasin fréquenté par les *enfants*. »

« Comme si j'étais une menace pour les enfants. » Je me grattai la nuque. « C'est une idée grotesque, mais il est clair que les humains ne voient pas la chose sous cet angle. Je suis leur meilleur allié. Je vois mal un homme sans tête faire du mal à un enfant. »

« Exact. » Elle soupira. « L'équilibre politique est fragile ici-bas, Seigneur de Guerre, et vous l'avez fait basculer. »

Je haussai les épaules. Encore une fois, je m'en fichais. Elle aussi vu sa tête mais elle était plus contrariée par l'art de la politique consistant à traiter avec les humains et leurs règles archaïques que par ce que j'avais fait. J'étais devenu un pion sur l'échiquier politique.

« Je suis de votre côté, Seigneur de Guerre. J'essaie de vous aider. Si vous restez, vous serez arrêté et jugé pour meurtre devant les tribunaux humains. La Coalition devra faire face à des mois, voire des années, d'emballement et de crainte de la part des médias. Si vous partez, toute cette mascarade humaine cessera dès aujourd'hui. Le Sénateur humain m'a appelée en personne de son téléphone primitif. Les humains doivent vous savoir partis pour dormir sur leurs deux oreilles. »

Je grommelai.

« Je pensais qu'ils seraient rassurés de savoir que le connard que j'ai tué ne constitue plus une menace. »

Elle ne répondit pas.

« C'est la Terre, Seigneur de Guerre. Ce sont leurs règles. »

« Alors j'emmène ma femme avec moi. »

« Ce n'est pas votre femme. »

« Si. »

Elle secoua la tête.

« Non. Vous n'avez pas le droit d'en réclamer une. »

Les règles stipulaient qu'un soldat de la Flotte de la Coalition ne pouvait passer le test pour demander une épouse qu'après avoir terminé son service militaire. J'écarquillai les yeux, ce qu'elle me disait devenait enfin clair, même si elle l'avait déjà verbalisé. Elle avait l'intention d'organiser mon départ de Terre immédiatement sans Gabriela, sans même lui dire au revoir.

« Je pourrais venir la chercher à mon retour, après avoir fait mon temps dans l'espace au service de la Coalition ? »

Elle soupira.

« Vous partez dans l'espace. Définitivement. Vous êtes banni de cette planète. »

Banni...

« Et ma femme ! » ma bête se mit à gronder.

« Vous feriez mieux d'oublier Gabriela Olivas Silva. »

Oublier Gabriela ?

« Non. » La colère prit le dessus, la bête se mit à grogner. Je voyais rouge, ma peau picotait, je me sentis grandir.

« A moi. »

J'entendis le commandant du centre crier dans l'interphone, deux gardes firent irruption dans la pièce, pistolets laser au poing. Je sentis sous mes mains les chaises que je balançais dans la pièce. Gabriela m'appartenait. Je ne voulais pas la laisser derrière moi. Je ne pouvais pas m'en séparer. Je ne *l'oublierais* pas. Son goût, sa peau, ses gémissements, alors qu'elle prenait son plaisir en me chevauchant, c'était impossible.

« C'est ma femme, » grognai-je en renversant la table.

Je pensais à Gabriela. A ses cheveux lisses, ses courbes voluptueuses. Avant de sentir la déflagration du pistolet laser. Je demeurai figé sur place mais la bête en moi continuait de rôder.

« Préparez une balise de transport sur le champ, coordonnées prêtes pour le secteur 437. Le Seigneur de Guerre Wulf se chargera de lui. » Le commandant du centre s'approcha et se planta devant moi. Nous ne faisions plus la même taille, j'étais désormais plus grand avec ma bête aux commandes. « Je suis désolée qu'il en soit ainsi, mais vous oublierez cette femme et la Terre dès que vous combattrez la Ruche sur Atlan. Faites-moi confiance. Wulf a souffert, comme vous maintenant. Il vous aidera à affronter votre bête. »

Je vis un garde revenir en courant dans la pièce, remettre le petit appareil de transport mobile à son commandant.

Non ! Ce petit boîtier m'éloignerait de Gabriela. Je ne pouvais pas bouger. Je ne pouvais pas résister.

Merde !

La balise collée sur ma poitrine émit un bip, signala que le compte à rebours était enclenché. De toute évidence, le commandant du centre ne comptait pas m'accompagner. Elle et les autres reculèrent, je sentis le grésillement bien particulier du transport.

Non. *Non !*

Je clignai à nouveau des yeux. Je me trouvais sur la plateforme de transport d'un cuirassé. J'ignorais lequel. Je m'en fichais. Je n'étais pas sur Terre.

Un clin d'œil avait suffi pour que je me retrouve désormais littéralement à des années-lumière de Gabriela.

Je n'étais plus étourdi mais n'avais nulle part où aller. Aucun moyen de retourner sur Terre.

« Seigneur de Guerre Jorik. »

Je me retournai pour voir un Atlan gigantesque. Je savais à qui j'avais affaire, avant même qu'il me dise son nom. Et je savais où j'étais.

« Bienvenue à bord du Cuirassé Karter, Jorik. Je suis le Commandant Wulf. »

Je fis le tour de la plateforme de transport, comme s'il existait un moyen de rentrer.

« Je dois rentrer. Ma femme est sur Terre. »

Le guerrier géant me regarda bizarrement et consulta le bipeur à son avant-bras. J'étais de taille normale, pour un Atlan. Mais Wulf ? Je me sentais tout petit à côté de lui. Pas étonnant qu'il soit redouté dans presque tous les secteurs de l'espace et tristement célèbre sur la planète-mère. Si jamais il prenait sa retraite, il rentrerait chez lui tel un dieu.

« C'est ma femme, Wulf. » Je suppliais cet homme atlan de comprendre, de m'aider. « Je dois retourner auprès d'elle. J'ai besoin d'elle. »

Wulf consulta ses données et moi tour à tour.

« Je ne vois rien ici concernant une quelconque épouse. »

Je sentis ma bête s'agiter, mes os craquer, mon visage s'élargir à nouveau. Le grognement qui sortit de ma gorge s'apparentait plus à un hurlement qu'à une phrase. « Elle est à moi. »

Le commandant me dévisagea, impassible, il me jaugea. Qu'il ne soit pas le moins du monde effrayé face à ma bête aurait dû me surprendre, mais j'avais suffisamment entendu parler de Wulf pour me douter qu'il serait largement en mesure de me maîtriser, même sans entrer en mode bête à son tour. Putain de merde, ce salaud était vachement costaud.

Ma bête s'affola devant son absence de réaction. Bon sang, quelqu'un finirait par m'écouter et me renvoyer, avant que je mette ce vaisseau en pièces à mains nues.

« Je. Dois. Rentrer. »

Impossible pour Wulf de faire abstraction de ma mauvaise humeur, de mon désespoir.

« Très bien. Calmez-vous. » Ma bête s'apaisa sur le champ.

« A moi. Gabriela. A moi. »

Wulf fit un signe de tête.

« Bien. J'en parlerai au Commandant Karter quand nous rentrerons de mission. Il contactera la Gardienne Egara sur Terre. Il trouvera une solution si votre femme est d'accord. »

Je pouvais parler à nouveau. Je pouvais réfléchir à nouveau. On m'écoutait enfin. Et nul doute que Gabriela accepterait de venir me rejoindre. Je l'avais quittée comblée et elle avait été aux anges.

Protégée. Elle avait hurlé pendant l'orgasme, elle m'avait mordu. Elle était à moi.

« Elle est à moi, » je le dis à haute voix afin que Wulf le sache.

« Ça suffit. Venez. Vous devez vous préparer. Nous attaquons Latiri 4 dans deux heures, vous devez vous défouler coûte que coûte et vous débarrasser de toute cette agressivité. »

Tuer des soldats de la Ruche pendant des heures me semblait fort intéressant. Je ne perdrais peut-être pas mon sang-froid la prochaine fois que je parlerais au Commandant sur Terre. Et je ne pouvais rien imaginer de mieux que trancher dans le lard de quelques douzaines de soldats de la Ruche, rentrer fatigué et faire transporter Gabriela ici, je pourrais alors faire l'amour à ma femme, ma femme au corps chaud et accueillant, la femme de ma vie.

« Allons-y. »

———

GABRIELA, quatre semaines plus tard

« JE SUIS DÉSOLÉ, madame, mais je ne peux pas vous autoriser à accéder aux locaux. » Le garde sévère planté devant l'entrée bloquait l'accès au Centre de Recrutement. Il n'était pas aussi grand que Jorik, tout ce qu'il y avait d'humain, mais tout aussi déstabilisant.

Je passais devant chaque jour en allant au travail... deux fois par jour, et je ne m'étais jamais arrêtée avant. Je n'avais jamais eu besoin de le faire. Mais j'étais désespérée.

Cela faisait quatre semaines et trois jours que Jorik et moi avions couché ensemble dans mon appartement. Quatre semaines et trois jours depuis qu'il avait reçu sa convocation au centre, avant de disparaître. J'étais passée le lendemain dans l'espoir de le voir, de lui parler, de prévoir quand on pourrait se revoir, mais il n'était pas en service. J'étais passée le lendemain et il n'était toujours pas en service. Je ne l'avais pas revu depuis.

J'aurais dû me poser la question, je n'étais peut-être qu'un simple plan cul, un extraterrestre séduit une humaine et balance toute l'histoire à ses potes. Mais Jorik n'était pas comme ça. Il venait souvent au magasin, et je savais que ce n'était pas pour les glaces. Il venait pour moi. Et puis il m'avait sauvée des griffes de ce voleur. Je tremblais encore, à l'idée de ce qui aurait pu se passer.

« J'ai besoin de parler à quelqu'un qui travaille ici. »

« Vous voulez vous enrôler en tant qu'épouse ? » demanda-t-il en me regardant.

Le soleil tapait dur aujourd'hui, j'étais en nage, mon T-shirt Sweet Treats me collait dans le dos. Mes cheveux étaient humides au niveau des tempes et je me sentais mal à l'aise. J'avais besoin de me mettre à l'abri de cette forte chaleur mais devais d'abord me renseigner à propos de Jorik.

Je n'avais heureusement pas été renvoyée après le vol. L'incident avait fait la une des journaux télévisés, mais la décapitation par cet extraterrestre avait été le thème récurrent. J'avais essayé d'éviter le sujet mais Internet était une vraie malédiction et ma curiosité pire encore. Les chaînes d'infos en continu avait flouté la partie la plus sanglante mais les vraies images avaient fini par être divulguées. Je les avais vues. J'avais alors songé que toute la planète avait vu le regard terrifiant de Jorik lorsqu'il avait tué le voleur.

Mais je connaissais la vérité. Il l'avait fait pour moi. Pour me protéger.

Je n'avais pas peur de ce qu'il avait fait. Je n'avais toujours pas peur en le voyant dans cette vidéo. Je me sentais... en sécurité. Ce qui était pour le moins bizarre et me faisait regretter Jorik d'autant plus. Je me sentais tellement seule sans lui. Ma nausée augmenta, entre ça et la chaleur, je n'arrêtais pas de pleurer.

« Laissez-moi entrer s'il vous plaît. »

Je devais voir Jorik. Il fallait que je sache ce qui lui était arrivé. Même s'il ne voulait plus de moi – cette pensée me fit sangloter – il méritait la vérité. Il avait dit *à moi* encore et encore quand nous étions ensemble. Il était très possessif, protecteur, ça frôlait presque le ridicule. Il avait arraché la tête d'un homme avec ses mains, des mains qui avaient caressé mes seins, qui m'avaient fait jouir plus d'une fois.

Il était impitoyable, mais savait également faire preuve de tendresse. C'était l'homme de ma vie.

J'avais trop envie de lui. Il me manquait. J'avais besoin de lui maintenant, après ce que j'avais découvert voilà quelques semaines.

Pour moi ce n'était pas un simple coup d'un soir, dans l'effervescence de la passion, nous n'avions pas songé à nous protéger – aucun préservatif sur Terre n'aurait convenu au sexe énorme de Jorik. Aucun retour en arrière n'était possible. J'étais enceinte. Mes quatre tests de grossesse positifs en étaient la preuve.

« Les épouses doivent s'enregistrer de l'autre côté du bâtiment, mademoiselle. Vous devez emprunter l'entrée principale. Cette entrée est réservée au personnel. »

Je secouai la tête.

« Non, je ne suis pas volontaire, » dis-je à l'homme qui attendait patiemment ma réponse. Je n'ai pas besoin de me marier. J'avais déjà trouvé l'extraterrestre de mes rêves. Je voulais retrouver l'extraterrestre qui m'était destiné.

« Alors, madame, comme je viens de vous le dire, vous ne pouvez pas entrer. » Il leva la main comme si j'allais passer devant lui en courant.

Je fermai les yeux et pris une profonde respiration.

« Je suis... l'amie du Seigneur de Guerre Jorik, » je tentai une autre stratégie. « Il était garde ici, comme vous. »

L'homme se détendit, le coin de sa bouche esquissa un semblant de sourire.

« Je suis nouveau, je ne suis ici que depuis deux semaines. Je ne connais aucun Seigneur de Guerre Jorik. »

« C'est un Atlan, il mesure au moins deux mètres. » Je levai la main en l'air comme pour montrer sa taille, j'avais l'impression de mesurer une girafe. « Cheveux noirs, peau mate. »

Il secoua la tête.

« Désolé. »

« Vous pouvez demander à quelqu'un alors ? Je n'ai pas besoin d'entrer. J'ai juste besoin d'obtenir des réponses à mes questions. »

Une femme s'approcha, elle se rendait au travail, tendit son badge au garde pour l'inspection. Ses cheveux bruns étaient tirés en un chignon lisse sur la nuque. Elle portait l'uniforme des Epouses Interstellaires, une jupe, un chemisier blanc et une veste, impeccables malgré l'humidité du sud de la Floride.

« Je peux peut-être vous aider, » dit-elle en se tournant vers moi avec un sourire. « Je suis la Gardienne Egara. »

Je lui souris en retour, en me tordant les mains.

« Gabriela Silva. »

« Vous avez des questions concernant les épouses ? » demanda-t-elle en haussant ses sourcils sombres.

Je secouai la tête.

« Non, c'est à propos d'un Atlan qui travaille ici. »

Elle m'adressa un regard rassurant.

« Venez avec moi, il fera plus frais. Je vais voir si je peux vous aider. » Elle adressa un coup d'œil au garde qui hocha la tête.

Nous pénétrâmes dans le bâtiment climatisé, elle me conduisit à un petit bureau.

« Asseyez-vous, je vous en prie. »

L'air conditionné me fit du bien, j'étais bien contente de m'asseoir. La grossesse était une aventure bizarre. J'avais toujours été habituée à cette chape d'humidité qui s'abattait sur la Floride, mais j'avais de plus en plus mal à la tolérer désormais. Si je n'avais pas fait les tests positifs, je me serais presque demandée si je n'étais pas en pleine ménopause avec des bouffées de chaleur. Des suées. Des vertiges.

Elle s'installa en face de moi à son bureau. Il n'y avait pas de papiers dessus, seulement une tablette, tout était en ordre. Une pièce spartiate aux murs blancs. Avec pour seule décoration un énorme logo des PEI sur le mur derrière elle.

« Vous vous sentez bien ? » demanda-t-elle.

J'acquiesçai, je n'avais pas l'intention de lui parler du bébé. Si elle l'apprenait, ils essaieraient peut-être de me le prendre ? Me forceraient à subir des tests extraterrestres bizarres ? Je ne voulais pas courir le risque que quelque chose tourne mal en l'absence de Jorik. Je transpirais toujours et ma peau passait probablement du rouge au vert et vice-versa, tandis que je passais d'une sensation de chaleur accablante à la nausée et rebelote.

« Oui, j'aurais mieux fait de mettre une jupe au lieu d'un jean aujourd'hui. »

Une bien piètre excuse, à laquelle elle crut.

« Alors, que puis-je pour vous ? Vous avez des questions à propos d'un Atlan ? »

Mon Dieu, elle comptait vraiment m'aider ?

« Oui, j'ai essayé de retrouver le Seigneur de Guerre Jorik. C'est un garde, il travaille ici. »

« Les gardes ne sont pas sous mes ordres. Ils servent sous le commandement du CRPC, qui gère la Flotte de Coalition. » Elle leva la main. « Cette aile est réservée au Programme des Epouses. »

« Oh, » murmurai-je, en regardant mes genoux. Encore une impasse.

« Mais je peux m'en occuper pour vous. »

Je relevai la tête et la regardai droit dans les yeux.

« Merci. J'essaie de le retrouver depuis un mois maintenant. Lui et moi nous nous... fréquentons, il a été rappelé ici au centre après m'avoir sauvé la vie. Je ne l'ai jamais revu. Je suis entrée en allant au travail, mais les gardes ne m'ont pas donné d'informations. »

Elle esquissa un léger signe de tête.

« Ils ne sont pas censés le faire. »

« Oui, je vois ça. J'ai également appelé à plusieurs reprises. Mon appel a été transféré mais personne ne me fournit d'informations. » Elle sembla perplexe. « Pourquoi vouliez-vous avoir de ses nouvelles ? »

« Je... » Je n'allais pas lui dire que nous avions couché ensemble, que nous avions un point commun désormais, que quelque chose nous liait. Je ne pensais pas qu'elle comprendrait. Elle était humaine, mais tout de même. Je n'étais probablement pas la première femme amoureuse à courir après un extraterrestre.

« Je travaille au glacier. Il était là et m'a sauvé la vie face au voleur. »

Elle jeta un coup d'œil à mon t-shirt et obtint la confirmation dont elle avait besoin.

« Ah, oui. J'en ai entendu parler. Je suis contente que vous alliez bien. »

Je plaquai un sourire sur mon visage.

« Oui, tout ça c'est grâce à Jorik et... et je voulais le remercier. »

J'avais envie de me jeter dans ses bras et lui dire qu'avoir un bébé extraterrestre n'était pas grave, que je m'en sortirais. Qu'il serait avec moi à chaque étape, que je n'élèverais pas cet enfant seule. Je me sentirais à nouveau en sécurité dès qu'il m'aurait prise dans ses bras, comme si tout était pour le mieux dans le meilleur des mondes, je lui sauterais dessus, m'empalerais sur sa verge et le chevaucherais, mais je gardais ça pour moi bien entendu.

Elle déplaça sa tablette devant elle, fit défiler l'écran. J'attendis tranquillement ce faisant...

« Seigneur de Guerre Jorik. » Elle épela son nom à haute voix tout en continuant à faire défiler sa tablette. « Garde en service. » Sa main s'immobilisa sans quitter l'écran des yeux.

Elle finit par relever la tête.

« Gabriela, le Seigneur de Guerre Jorik a été inculpé de meurtre au second degré par le Procureur de Miami. »

Je poussai un cri de stupeur.

« Il a été affecté ailleurs afin d'éviter des poursuites pénales et un emballement médiatique interplanétaire. Il a quitté la Terre. »

« Inculpé de meurtre ? » Le choc me glaça le sang. « Ce n'est pas possible. Pourquoi ? »

Elle me regarda fixement.

« À cause de l'incident survenu à votre travail. »

Je n'y comprenais plus rien.

« Mais c'était pour me protéger. »

« Il aurait pu maîtriser cet homme. Il a choisi de ne pas le faire. »

Mon Dieu, elle avait raison. Je le savais. Mais sur l'instant, avec ce pistolet douloureusement pointé sur ma tempe, je m'étais complètement fichu de ce que Jorik avait fait. J'étais désormais contente que le voleur soit mort. Ça m'aidait à mieux dormir la nuit, à réussir à travailler seule au magasin.

« Mais ce n'est pas juste. »

Elle haussa légèrement les épaules mais ne répondit rien.

Pauvre Jorik. Il n'était plus là. Il n'était pas sur Terre. Pas étonnant que je me sois sentie si seule. Il n'était plus là. Il était parti pour de bon.

Je me léchai les lèvres.

« Puis-je... puis-je lui envoyer un message ? »

Elle m'adressa un petit sourire mais son regard me poussa à me mordre la lèvre, mon ventre se noua.

« Je suis vraiment désolée mais c'est impossible. Le Seigneur de Guerre Jorik a été porté disparu au combat voilà vingt-six jours, après une bataille contre la Ruche. »

PORTÉ DISPARU ? Je connaissais cette phrase. Porté

disparu ? Mais je ne pouvais pas abandonner tout espoir. Il ne pouvait pas être mort.

« Qu'est-ce que ça veut dire ? Où est-il ? » murmurai-je, presque incapable de m'exprimer.

« Il a été capturé par la Ruche »

Ma main se porta à ma bouche. J'étais à deux doigts de vomir. Capturé ? La Ruche ? Les larmes me montèrent aux yeux.

« Mais... mais il était ici. Comment peut-il être... là-bas ? »

« Jorik a été téléporté en quelques secondes dans le secteur 437 pour rejoindre directement un escadron de combat. »

Je déglutis, léchai à nouveau mes lèvres, essuyai les larmes qui coulaient sur mes joues. La gardienne me tendit un mouchoir.

« Essaient-ils de le sauver ? » demandai-je. Il était difficile d'imaginer qu'un homme aussi grand et impitoyable que Jorik puisse être capturé et retenu contre son gré par qui que ce soit. J'avais entendu parler de la Ruche, comme tout le monde sur Terre, mais j'étais comme tout le monde. Ils incarnaient le monstre sous le lit, le fantôme dans le placard. Ils n'étaient pas *réels*. Jusqu'à aujourd'hui. Jusqu'à ce que l'homme que j'aime soit retenu prisonnier. Depuis vingt-six jours.

Elle pencha la tête de côté et se pencha sur son bureau. Je me penchai en avant, impatiente d'accepter le petit réconfort qu'elle m'offrait. Quelque chose en elle m'incitait à lui faire confiance.

« Ce n'est pas facile à annoncer, Gabriela. La Ruche intègre les combattants de la Coalition qu'elle capture. Le temps faisant son ouvrage, les intégrations de la Ruche se substituent à leur esprit, leur volonté, jusqu'à ce qu'il ne reste que leur corps, ils deviennent alors des combattants de la Ruche. Les Atlans, eux, sont différents. Comme vous l'avez constaté au cours du vol, ils disposent d'une bête en eux, une force intérieure très puissante. Ils peuvent résister aux intégrations de la Ruche. »

Je me penchai en avant.

« Alors il y a de l'espoir ! »

« Non, au contraire. Les Atlans luttent contre les intégrations. Leurs bêtes se battent. » Elle pressa ma main et la suite de ses paroles me laissa sans voix. « J'ai bien peur qu'ils luttent jusqu'à ce que mort s'ensuive. Si la Ruche patiente, ou fait preuve de détermination, alors ils gardent l'Atlan en vie plus longtemps, continuent d'essayer de contrôler sa bête. Mais la plupart des Atlans sont éliminés. Un Atlan en mode bête est un prisonnier très dangereux. »

Je m'avachis sur la chaise, abattue, mes larmes ne tarissaient pas.

« Vous êtes en train de me dire que Jorik est mort ? »

Elle m'adressa un regard de compassion.

« Son statut indique Capturé. Mais ça fait plus de trois semaines. La plupart des opérations de sauvetage ont lieu les tout premiers jours. Après... les chances..." Sa voix se radoucit sur la fin, elle haussa les épaules. « Je suis sincèrement désolée. »

Mes larmes coulaient sans relâche désormais, mon espoir envolé. Jorik était très probablement mort. Mort.

J'essuyai mon visage à l'aide du mouchoir et me levai. Je ne pouvais pas rester assise ici et pleurer. Je le ferai plus tard. Il m'avait aimée. Il s'était soucié de moi. Le temps passé ensemble n'était pas le fruit de mon imagination. C'était l'homme de ma vie. Et maintenant, il était parti. J'avais toute la vie devant moi pour pleurer Jorik, ce que nous aurions pu avoir ensemble.

Mais pas maintenant. J'avais un travail à faire. De l'argent à gagner parce que j'allais avoir un enfant. L'enfant de Jorik. C'était tout ce qui me restait de lui.

« Je suis sûre qu'il aurait été heureux de savoir que vous êtes venue le remercier. Ça va aller ? » demanda-t-elle en faisant le tour du bureau.

Je ne répondis pas, elle ignorait la profondeur de mes sentiments à son égard.

Ou peut-être que si, justement.

« Il existe de nombreux guerriers Atlans parmi nous, Gabriela. Des hommes bons. Respectables. Tout comme Jorik. Passez me voir si jamais vous souhaitez vous porter volontaire et gonfler le rang des épouses. »

Je la regardai et hochai la tête. Etre compatible avec le premier Atlan venu ne m'intéressait pas. La Gardienne Egara l'ignorait, elle ne savait pas que mon cœur appartenait à Jorik, c'est pourquoi elle m'avait fait cette proposition.

« Merci, Gardienne. Merci de votre amabilité. »

Elle me raccompagna à l'extérieur du bâtiment, je partis au travail, des larmes silencieuses coulaient sur mes joues. Je les laissais couler, donnais libre court à mes larmes, le col de mon T-shirt était trempé. Je ne connaissais Jorik que depuis peu mais un lien s'était forgé en à peine quelques heures passées ensemble. Me passer de lui ne devrait pas être si difficile mais c'était pourtant le cas. J'avais le cœur brisé. Je posai une main sur mon ventre encore plat. Jorik était avec moi. Il faisait partie de moi désormais. Je pensai à mon enfant – notre enfant – et fis un vœu.

Je ne l'oublierais jamais.

Nous ne l'oublierions jamais.

5

*Seigneur de Guerre Jorik, 8 Mois Plus Tard – Planète
Latiri 4, Le Labyrinthe*

ACCROCHÉ à flanc d'une falaise rocheuse du bout des doigts,
je jetai un œil aux trois autres seigneurs de guerre dans la
même posture. Je leur adressai un signe de tête indiquant
que nous devions tous progresser et fis quelque chose
auquel je n'aurais jamais songé. Je me cachai, tandis que les
nouveaux limiers de la Ruche couraient au pied du ravin
rocheux. Je rampai dans le recoin le plus sombre de la grotte
la plus imposante et grimpai dans son antre d'un noir
d'encre afin que même les drones de la Ruche ne puissent
me trouver. Je savais que les autres seigneurs de guerre
avaient fait de même.

C'étaient des étrangers pour moi, des frères qui avaient
été gardés dans des cellules séparées de la mienne. Je ne les
connaissais que par leurs cris. Mais ils s'étaient battus. Je
savais qu'ils avaient résisté à la Ruche avec chaque fibre de
leur corps. C'étaient des guerriers, ils avaient été à mes

côtés, déchiquetant, brisant tout et beuglant dans une rage commune lorsque je m'étais libéré et avais détruit le laboratoire d'intégration de la Ruche.

Nous étions désormais libres, nous courions. Nous nous cachions. Galvanisés par l'instinct de survie. Mais j'avais un objectif. Un but qui me poussait à lutter pour ma vie – retourner auprès de ma femme. Aux côtés de Gabriela.

J'avais perdu le décompte des jours depuis que j'avais touché sa peau douce, enfoui ma verge dans sa moiteur. J'avais entendu mon nom sur ses lèvres. Je l'avais embrassée... Je ne savais pas si la Ruche m'avait retenu captif deux mois ou vingt. Tout ce que je savais, c'est que je devais continuer à me battre. Pour elle.

L'entrelacs de ravins choisi pour notre dernière étape était bien connu pour ses roches aux propriétés magnétiques, roches qui brouillaient les systèmes de communication de part et d'autre du champ de bataille. On surnommait cette zone le Labyrinthe, la plupart des combats de la Flotte de la Coalition contre la Ruche se déroulaient ici sur cette planète. Quiconque se perdait dans ces ravins se retrouvait totalement isolé et n'avait pas d'autre choix que d'essayer d'atteindre une des balises de la Coalition pour demander des secours. Si un guerrier n'activait pas les émetteurs spécialement dédiés à cet effet comme nous l'avions fait, les unités de reconnaissance ne pourraient pas le retrouver. Pas de communication. Pas de sauvetage. Pas d'aide. En ce moment, nous étions seuls. Nous n'avions plus qu'à attendre que quelqu'un vienne nous sauver.

Je le savais. Nous le savions tous. Mon organisme, à moitié affamé pendant des semaines et forcé de consommer de microscopiques cellules d'intégration de la ruche comme seule source de nourriture, le savait aussi.

Vu de l'extérieur, j'étais comme avant. Mais la Ruche n'avait pas seulement nourri mon corps de sa nanotechnologie, elle m'avait rendu plus fort. Anormalement fort. Même pour un Atlan. Je pouvais écraser des roches à mains nues.

Je pouvais survivre des semaines sans nourriture.

Je pouvais respirer l'air toxique de cette planète, non pas pendant quelques heures, comme la plupart de mes frères d'arme, mais indéfiniment.

Ils avaient capturé une bête et fait de moi un monstre. Je ne pourrais jamais me débarrasser de ce qu'ils avaient fait de moi. Mais je m'en fichais. Je demeurais le seigneur de guerre Jorik de la planète Atlan. Grâce aux dieux, mon esprit était resté intact. Et ce qu'ils avaient fait de ce corps ? C'était toujours et encore le mien.

Non, pas le mien. Celui de Gabriela. Tout ce que j'avais, tout ce que j'incarnais lui appartenait. Je serais plus à même de la protéger si j'étais plus fort. Je pourrais utiliser cette force pour survivre et la rejoindre.

Ma bête gronda son approbation. Elle avait fait les frais de la torture de la Ruche. Elle s'était battue, elle s'était déchaînée et m'avait laissé faire le vide dans ma tête pour ignorer la douleur. Elle méritait la tendresse de notre femme plus que moi encore, nous ferions tout pour la rejoindre, ou mourrions en essayant. Aucune vie ne valait la peine d'être vécue sans elle.

Quant à la Ruche ? Je les avais combattus corps et âme. Nous l'avions tous fait. Et lorsqu'ils avaient été à court du produit chimique qu'ils utilisaient pour faire en sorte que je reste sonné, sous emprise... j'en avais tué deux douzaines. J'avais traqué leur médecin-chef, une Entité d'Intégration de haut niveau. J'avais gardé ce connard sadique pour la fin, je l'avais mis en pièces et laissé ses restes sanglants disséminés dans les cages où moi et les autres Atlans avions été détenus.

C'était un avertissement. Je n'étais pas sûr que la Ruche soit capable de comprendre mon horrible message, mais peu importe.

Faut pas faire chier les Atlans.

Comme je l'avais fait sur Terre avec ce connard qui avait pointé un flingue sur la tête de Gabriela. J'avais dit la même chose aux humains. Faites pas chier les Atlans.

Et maintenant, nous étions quatre, plus forts qu'avant – grâce aux intégrations de la Ruche – à attendre une équipe de reconnaissance du cuirassé Karter, des mecs assez timbrés pour atterrir au beau milieu du Labyrinthe et nous sauver. Nous avions activé la balise de détresse voilà douze heures. Douze putains d'heures.

Un changement dans l'ombre à l'entrée de ma grotte m'alerta de la présence d'un autre de mes frères d'arme, je demeurai immobile, silencieux, alors qu'il se dirigeait vers moi. Wulf prit la parole pour la première fois depuis des heures, alors que nous étions tous deux embusqués dans cet endroit, guettant une possible attaque.

« Les Limiers ont progressé, » murmura-t-il.

« Ils vont revenir. »

Il soupira, j'attendis les mauvaises nouvelles.

« J'ai combattu à bord du Karter pendant des années. Une huitaine d'heures environ sont nécessaires pour rassembler une équipe de reconnaissance et la faire arriver jusqu'ici. »

Je savais où il voulait en venir mais je refusais de baisser les bras. Pas encore.

« Où voulez-vous en venir, Commandant ? »

« Ils ne viendront pas, Jorik, » répondit-il d'une voix dénuée d'émotion. En avait-il jamais montré, d'ailleurs. « Ils ont déjà quatre heures de retard. Nous devons retourner au Centre d'Intégration et voler un vaisseau de la Ruche. »

Je secouai la tête en signe de dénégation avant même de prendre le temps de formuler ma pensée.

« Non. L'endroit grouillait déjà de centaines de soldats de la Ruche quand nous sommes sortis. D'autres sont arrivés au bout de quelques minutes à cause de ce que nous avons fait. Il risque d'y avoir un millier de soldats de la Ruche là-bas maintenant, à veiller sur ces navettes. »

« Je sais. Mais nous en abattrons le plus possible. » Les paroles de Wulf étaient chargées une finalité que je refusais d'accepter.

« A supposer que nous parvenions à en voler un, le Karter nous réduira en mille morceaux avant que nous nous approchions du cuirassé. »

Il soupira, sachant que je disais vrai.

« On s'en inquiétera après avoir volé la navette. »

« Non. On attend. »

« C'est moi le Commandant ici, Jorik. Si je demande aux autres de partir, ils obéiront. »

« Et vous seriez encore tous en train de pourrir en cellules si je n'avais pas été là, » rétorquai-je. « J'ai une femme, Commandant. Je dois la rejoindre. Donnez-moi au moins encore quelques heures. » Je tournai la tête et regardai Wulf dans les yeux afin qu'il comprenne que j'en étais convaincu. Je n'abandonnerais pas si facilement. « Deux heures. Je détruirai cette putain de planète pour les retrouver s'ils ne se montrent pas. »

Wulf sourit, le premier signe d'espoir que j'avais vu depuis des mois, et me donna une bourrade dans le dos suffisamment forte pour me faire des bleus. Je m'en fichais. La douleur signifiait que j'étais toujours en vie.

« Accordé. Je vous donne deux heures. Puis nous passerons à l'offensive. »

Dieu soit loué.

« Et les autres ? »

Wulf répondit ce à quoi je m'attendais, mais j'avais besoin de l'entendre.

« Ils attendront mes ordres. »

Nous attendîmes en silence et je devais admettre que

j'étais content d'avoir de la compagnie. Trente minutes s'écoulèrent. Une heure. Puis deux.

Je savais exactement l'heure qu'il était, chaque cellule de mon corps le savait, grâce à la Ruche. Je sentais s'échapper chaque instant, comme si l'espoir quittait peu à peu mon corps, à chaque seconde écoulée. Je m'efforçais d'écouter les bruits des guerriers qui approchaient, des moteurs, tout ce qui était susceptible d'indiquer leur arrivée.

Seul le silence me répondit.

« Ça fait deux heures, Jorik. Je regrette, » dit simplement Wulf.

« Je sais. » Je refusais de baisser les bras mais il avait fait un compromis, et moi aussi.

Nous rampâmes jusqu'à la sortie et regardâmes au-dessus du ravin. Aucun signe des Eclaireurs de la Ruche ou de leurs Limiers, mais je n'étais pas dupe. Ils n'étaient pas bien loin, et ces limiers étaient capables de se déplacer plus vite que la plupart des véhicules de cette planète.

Wulf s'agrippa au bord et regarda par-dessus. Il siffla doucement, deux autres Atlans apparurent, comme s'ils s'étaient fondus dans les rochers pour en émerger et reprendre une forme solide et bien physique.

Wulf pointa le doigt en l'air, les autres rampèrent vers le haut des falaises pour atteindre un poste plus en hauteur. Le Centre d'Intégration gisait dans les profondeurs d'une grotte, à environ trois kilomètres de notre position actuelle. Indétectables par les scanners de la Coalition, nous n'avions aucune idée de la durée de vie de la forteresse de la Ruche, leur proximité leur permettait de récupérer très facilement les blessés sur le champ de bataille et de les emmener directement dans une Unité d'Intégration. Sous le nez et à la barbe du commandant Karter.

C'était ingénieux. Et tellement pratique, putain. La Ruche tout crachée.

Pas étonnant qu'ils n'aient jamais vraiment abandonné le contrôle de cette planète. Pour eux, c'était une putain d'usine de la Ruche. Tous ces guerriers. Toutes ces batailles. D'innombrables vies perdues par la Coalition. Tout ça pour que la Ruche puisse nourrir son besoin insatiable d'intégrer d'autres races.

« Allons-y, » ordonna Wulf. « Restons à couvert mais progressons vite. Gardez votre bête sous contrôle jusqu'à ce qu'on ait besoin d'elle. »

« Compris. » Je me serais volontiers moqué de son dernier ordre si ma bête n'avait pas répondu en dernier. *Je sais.* Deux mots qui me provoquaient bien trop de peine pour parvenir à m'exprimer. Elle avait donc parlé pour nous deux. Je devais maintenant maîtriser ma bête, encaisser le poids de la douleur pour qu'on puisse avancer tranquillement. Rapidement. Se faufiler comme des ombres et libérer nos monstres. Nous n'y survivrions pas. Putain, pas moyen d'atteindre ces navettes. Nous connaissions tous la vérité. Mais nous éliminerions le plus de connards possibles en mourant.

C'était toujours mieux que se cacher dans une grotte et attendre... en vain. Perdre espoir.

Nous avions parcouru la moitié de la distance lorsque Wulf s'arrêta brusquement, leva le bras pour nous signaler de cesser notre progression.

J'entendis à mon tour ce qu'il avait entendu dès lors que mon cœur se calma, qu'il cessa de tambouriner à mes oreilles.

Le moteur d'une navette. Venant de la direction opposée à la place forte de la Ruche.

Ma bête hurla, comme pour faire venir la navette jusqu'à nous.

Elle se posa sur le terrain accidenté deux minutes plus

tard, je contemplai fixement le visage humain d'un petit capitaine d'une équipe de Reconnaissance.

Wulf poussa un cri et attira le petit homme dans ses bras, le serra de toutes ses forces, à lui briser les os.

« Putain, Wulf, c'est bon de te revoir. Vas-y mollo avec mes côtes. Il faut qu'on se tire d'ici. » Le capitaine et son équipe nous encerclaient, armés jusqu'aux dents. Je ne pris pas la peine de m'emparer d'un de leurs fusils laser. Je n'en avais pas besoin pour me battre. Plus maintenant.

« Seth. Merde. Je croyais que tu ne viendrais plus. » Wulf le lâcha, puis recula et lui donna une tape sur l'épaule. « Putain, t'es tout de même venu, c'est un putain de bordel ici, tu sais ça ? »

Le capitaine se mit à rire.

« Oh, je sais. Un vrai boulot de merde. Chloé va être dingue si je ne sors pas vivant de ce putain de rocher. »

Wulf rit, ils se retournèrent à l'unisson et coururent vers la navette qui les attendait, comme si une sorte de signal magique unissait ces deux hommes. Nous nous mîmes tous en rang, mon cœur battait plus fort que jamais depuis notre évasion. Pas de peur, mais d'excitation. De désir.

Gabriela.

La porte de la navette se referma derrière nous et je m'approchai du capitaine, mais Wulf me devança alors que nous quittions la terre ferme, le plancher métallique se mit en branle sous nos pieds.

« Accrochez-vous les gars ! » L'équipe de reconnaissance, à l'exception de Seth, s'était sanglée sur leurs sièges. Mais les navettes de reconnaissance n'étaient pas faites pour abriter une bête, nous nous étions entassés de notre mieux dans la petite zone consacrée d'ordinaire à la cargaison. A côté de moi, Kai et Egon tenaient bon, sans parler. Ils laissaient leur commandant faire.

« Seth, il faut que je parle à Karter, » dit Wulf.

Seth fit un signe de tête.

« Pas de problème. J'établirai la communication dès que nous serons sortis de l'atmosphère. »

Wulf arborait un air sinistre, tout comme les deux Atlans qui me flanquaient. « Ainsi qu'au Commandant Phan. »

Seth perdit son sourire.

« Le Commandant Phan ? » Je ne compris que lorsqu'il posa la question suivante. « Pas Chloé ? »

« Si. Et à tous les officiers du Service des Renseignements à bord du Karter. »

« A ce point ? » demanda Seth, lugubre. « Je ne veux pas que ma femme soit mêlée à ça. Elle en fait déjà plus que je ne le voudrais. C'est hyper dangereux, Wulf. »

« C'est pire que tout ce qu'on avait imaginé, » Kai, l'Atlan blond à ma droite confirma ce que nous pensions tous. « Pour faire simple, la Ruche possède un élevage d'humains, une usine pour les mourants et les blessés à récupérer et intégrer, ici même sur Latiri 4. Juste sous le putain de nez du groupement tactique. »

Seth resta silencieux tandis que nous quittions l'atmosphère sans trop de turbulences, je me détendis, enfin soulagé, lorsque la gravité du vaisseau en lui-même se réactiva. Nous étions en sécurité. Nous étions sauvés. Je me sentis subitement fatigué. Ma bête était fatiguée. Même ce léger répit me faisait du bien. Pas autant que m'enfoncer dans le corps chaud de Gabriela, mais c'était tout de même vachement bon.

Wulf emboîta le pas à Seth, tous deux se dirigèrent vers le cockpit. Je les suivis. Seth était humain. Il saurait comment contacter la Terre. Comment retrouver ma femme.

Mais le devoir primait, je permis à Wulf de contacter l'effrayant Commandant Prillon répondant au nom de Karter. Je ne l'avais jamais rencontré, mais je compris qu'il était respecté vu la façon dont l'équipage obéissait à ses moindres paroles. Wulf lui parlait avec un immense respect, cela me suffisait.

Ils convinrent d'une heure pour un débriefing complet dès lors que Wulf lui transmit les coordonnées et les détails basiques. On me demanderait d'y assister, je ne pouvais pas non plus refuser. Je connaissais parfaitement cette installation. J'en avais vu la plus grande partie. J'avais compté le nombre d'occupants, la fréquence des trans-ports, noté tout ce que je pensais être utile. Les autres avaient fait de même.

Mais l'appel étant terminé, ma bête n'attendrait pas un instant de plus. Elle se libéra, mon visage s'allongea, mon corps grandit jusqu'à ce que je doive me pencher au niveau de la taille pour tenir dans la petite navette.

« Seth. » Le grondement guttural de ma bête mit fin à leur conversation.

« Oui, Seigneur de Guerre ? » Seth me dévisageait d'un air interrogateur, pas effrayé le moins du monde. Il était soit idiot, soit un des hommes les plus courageux que j'aie jamais rencontrés.

« Contacter Terre. Femme. Gabriela. »

Seth me sourit. Enfoiré.

« La Terre est grande, mon pote. »

Ma bête, torturée, anéantie, à moitié morte de faim – ne se préoccupait guère de la réponse du capitaine. Avant que j'aie pu empêcher mon geste, le cou de Seth se retrouva dans ma main, son corps se balançait au-dessus du sol. La faible gravité m'empêchait de l'étrangler mais pas d'écraser son cou, de lui écrabouiller la moelle épinière comme on déboucherait une bouteille de vin.

« Miami. »

La main de Wulf se posa sur mon épaule. Il ne m'agressa pas. Il savait. Ma bête n'était pas particulièrement raison-nable en ce moment. Et moi non plus, merde alors. Pas après tout ce temps. Je ne pouvais pas attendre une seconde de plus.

« Capitaine, » dit Wulf. « Vous feriez mieux de contacter la Terre. Mieux vaut ne pas vous mettre entre une bête et sa femme. »

L'humain leva les sourcils.

« Posez-moi, Seigneur de Guerre. Nous allons contacter votre femme, » répondit-il, ces quelques mots eurent le don de m'apaiser.

Ma bête grogna en signe de méfiance mais reposa le petit humain sur ses pieds. Un seul mauvais geste, et je n'essaierais même pas d'empêcher ma bête de lui faire comprendre mon point de vue. Ma femme était sur Terre. Seule. Sans protection.

Ma femme.

Seth se tourna vers le pilote et hocha la tête. Nous entendîmes tous ensuite une voix féminine via le haut-parleur.

« Ici le CRFC-Terre. Que puis-je pour vous ? »

CRFC. Centre de Recrutement de la Flotte de la Coalition. Pour les épouses et les combattants.

Je me fichais des guerriers venant de cette planète. Ou des épouses. Une seule et unique femme comptait à mes yeux.

« Ici le Capitaine Seth Mills du Groupement Tactique Karter, Secteur 437. Je dois localiser une humaine immédiatement. Son compagnon vient d'être secouru dans un Centre d'Intégration de la Ruche. Sa femme doit être prévenue sur le champ. »

« Formidable ! » La voix de la femme qui nous parvint via le système de communication de la navette semblait vraiment heureuse, ma bête se calma encore davantage. Cette voix féminine ne recelait aucun stress. Pas d'inquiétude. Peut-être que, tout comme cette femme, ma femme allait bien. Saine et sauve. Détendue et en sécurité. « Comment s'appelle votre femme ? »

Seth me regarda, j'avais heureusement retrouvé ma taille normale et pouvais donc parler.

« Gabriela Olivas Silva. » Je lui donnai également l'adresse de Gabriela que j'avais mémorisée et conservée précieusement durant ma captivité.

« Un moment, je vous prie. »

Le silence se fit au bout de la ligne qui ne coupa cependant pas, à bord de la navette nous attendions anxieusement. Certains avec curiosité, moi avec un sentiment d'urgence. La voix de femme se fit entendre au bout de quelques instants.

« Je suis désolé, Capitaine, il n'y a pas d'épouse enregistrée sous ce nom. »

Seth me regarda.

Je refoulai suffisamment la bête pour m'exprimer clairement.

« Ce n'est pas une épouse. Je l'ai rencontrée sur Terre. Elle habite près du centre de recrutement. »

« Je vois. » Entendis-je une certaine désapprobation dans cette voix féminine ? « Je vais devoir la contacter directement alors, en utilisant les moyens locaux. Comment s'appelle son compagnon ? »

« Seigneur de Guerre Jorik, de la planète Atlan, » répondit Wulf.

Elle poussa une exclamation de surprise, puis resta silencieuse. La voix féminine se fit de nouveau entendre.

« Un instant, je vous prie. Je vais contacter cette femme. »

Plusieurs minutes s'écoulèrent. Chaque seconde semblait durer une heure. J'aurais préféré que ce ne soit pas le cas lorsque la voix de la femme se fit de nouveau entendre.

« Je suis sincèrement désolée, Capitaine Mills, » dit finalement la femme. « J'ai localisé la femme. Elle est venue au centre, elle recherchait son compagnon après qu'il ait quitté son poste ici. Il avait été capturé et présumé mort, c'est ce qu'on lui a dit. Je crains qu'elle n'ait tiré un trait dessus et en ait épousé un autre. Un humain. »

« Pardon ? » *Pardon ? Elle s'était mariée ?* C'était un terme humain, mais mon neuro-processeur me disait ce que je ne voulais pas savoir. « Elle a un nouveau compagnon ? »

« Je suis désolée, Seigneur de Guerre, » répondit la femme. « Elle vous a cru mort. Elle s'est mariée il y a trois mois. » Sa voix était emplie de pitié, tout comme le regard de chaque membre de l'équipe de reconnaissance, des Atlans et de Wulf. *Merde. Merde. Merde.*

La voix féminine poursuivit sans y être invitée.

« Je ne vous trouve pas dans le système, Seigneur de Guerre. Je suppose qu'en tant que guerrier rescapé de la Ruche, vous serez transféré à La Colonie. Je vous suggère de vous inscrire pour demander une Epouse Interstellaire, puisque vous avez survécu à la capture. Inscrivez-vous au recrutement dès votre arrivée sur la Colonie. »

Passer un test pour me marier ? Pas question. J'épouserais Gabriela ou personne. Ma bête n'en voudrait pas une autre, et moi non plus.

Comme je restais bouché bée, le capitaine parla pour moi. Ses épaules s'affaissèrent et son regard s'assombrit, comme s'il comprenait ma douleur.

« Merci, madame. Capitaine Mills, terminé. »

La communication coupa mais je n'y prêtais pas attention. Je m'effondrai sur le sol de la navette, allongé sur le dos, le regard vide. Mort de l'intérieur, pour la première fois, ma bête resta totalement silencieuse.

6

Jorik, Arène de Combat, La Colonie

LES DEUX GUERRIERS prillons que j'avais combattus n'avaient pas demandé leur reste. Le premier gisait inconscient là où je l'avais jeté contre le mur. Le second griffait la poussière alors qu'il essayait de se remettre sur pied, le sang coulant de sa tête imprégnait le sol rougeâtre.

« A terre ! » hurla ma bête à l'idiot qui essayait de se relever. Il ferait mieux de rester à terre, et de ne pas défier le monstre enragé en action. Pas seulement ma bête, mais ce que la Ruche avait fait de moi. Nous avions perdu notre femme. Notre vie n'était que douleur, douleur que j'évacuais ici. Dans l'arène. Le seul endroit autorisé pour se battre sur cette planète.

Comme d'habitude, la bête prit le dessus, elle portait le fardeau de ma colère mais était beaucoup plus difficile à contrôler. Surtout ici, dans l'arène.

Même la foule d'observateurs qui rugissait habituellement était étrangement silencieuse, j'entendis des pas
derrière moi. Je me retournai sur Wulf, Kai, Egon, Braun et
Tane qui s'avançaient et m'encerclaient. Ils me laissèrent de
l'espace, beaucoup d'espace, mais j'étais encerclé.

Cinq contre un ? Rien que des Atlans.

Ma bête sourit. Hors de question de reculer. Pas de
quartier.

Je rugis mais les autres ne répondirent pas comme je m'y
attendais, ma bête leva les bras,

« Allez. Battez-vous. »

« Non, » dit Wulf en secouant la tête, mais la bête du
Seigneur de Guerre Braun, à côté de lui, était lâchée. Tous,
sauf Wulf, se métamorphosaient en bête. Tranquillement.
Tous les cinq.

« Nous sommes venus te faire mordre la poussière,
Jorik. »

« Combattre. » Je n'aimais pas ce que j'entendais, et ma
bête encore moins. Nous avions besoin d'autre chose. Plus
de douleur. Plus de sang. Toujours plus. C'était le seul
moyen de me sentir vivant, le seul exutoire à mon angoisse.
Ma rage.

« On arrête les combats, » poursuivit Wulf. « Vous êtes
incontrôlable depuis votre arrivée. Le gouverneur nous a
ordonné de nous en occuper. »

« Battez-vous. »

« Suivez-nous, Jorik, sinon c'est un aller simple pour la
Prison de Bundar. »

Ils pensaient donc que j'avais perdu mon sang-froid, que
je devais m'exécuter. Cinq autres Atlans étaient convaincus
que j'étais allé trop loin.

Ils avaient peut-être raison. Plus rien n'avait d'importance à mes yeux. Aucun espoir.

Sans Gabriela.

Pourtant, alors même que l'homme en moi était profondément affecté, ma bête refusait de se laisser aller sans se battre. Elle avait combattu pendant près d'un an pour échapper à la Ruche. Elle était forte, plus forte que moi, et refusait tout simplement de mourir. Elle refusait aussi de renoncer à l'espoir qu'un jour, Gabriela serait nôtre.

« NON ! »

Je – enfin nous – ma bête chargea Wulf mais Braun m'attrapa par la peau du cou et m'asséna un grand coup dans le dos, m'arrêtant net dans ma course. Les autres me tombèrent immédiatement dessus et me plaquèrent au sol. Ils me maintenaient sans me faire mal. Le monstre contaminé en lequel j'étais transformé aurait pu les attraper mais je savais en fin de compte que je ne voulais pas leur faire de mal.

C'était pourtant inacceptable. J'avais besoin de cette douleur. De cet exutoire.

« Battez-vous ! » beuglai-je, je luttais de toutes mes forces de cyborg amélioré mais les autres étaient eux aussi contaminés. Plus forts qu'un Atlan normal. Plus endurants physiquement et mentalement. Ils me tenaient pendant que je me battais et que j'enrageais, mes rugissements se muaient en cris.

« Vous avez failli tuer ces deux Prillons, Jorik, » grogna Wulf. « Mais je suis aussi têtu que vous. Je vous sais contrarié à cause de cette femme mais je ne vous laisserai pas mourir. Pas après tout ce qu'on a vécu. » Wulf s'accroupit près de ma tête pendant que les autres me tenaient. Ma rage s'était transformée en larmes tandis que je luttais pour me dégager.

Pour souffrir. Pour tuer.

Pour mourir.

« Non, » lâchai-je.

« Vous allez nous accompagner, » poursuivit Wulf.

« Vous allez poser vos fesses dans le fauteuil du test du Programme des Epouses et trouver une femme compatible, digne de vous. Vous m'entendez, Seigneur de Guerre ? C'est un ordre. »

Je serrais les dents, essayais de me dépêtrer des quatre autres bêtes qui me retenaient. Je ne parvins qu'à m'érafler une bonne partie de mon dos sur les rochers et les graviers bordant l'arène. Même l'odeur de mon propre sang ne suffit pas à me calmer, mais la bête ne voulait pas se battre contre ses amis, nous avions souffert ensemble aux mains de l'ennemi. Ma bête battit en retraite, me laissant affronter Wulf seul. Un homme seul. Faible.

« Envoyez-moi à la prison de Bundar, Wulf, » finis-je par dire. « Je suis allé trop loin. »

« Je ne compte pas vous laisser pourrir en prison, » répliqua-t-il. « Pas pour une femme qui n'est même pas votre épouse. »

« C'est ma femme, » aboyai-je.

« Non. Gabriela vous croyait mort, Jorik. Nous avons vécu l'enfer pendant presque un an. Elle s'est mariée. Elle est heureuse. En sécurité. Choyée. Vous allez détruire son bonheur ? Briser son cœur ? Lui faire du mal ? »

« Certainement pas. »

Wulf se leva, la luminosité des étoiles conférait à ses cheveux l'aura d'une créature céleste, alors qu'il s'adressait aux autres.

« Foutez-le sur le fauteuil du test. Assurez-vous qu'il achève le processus jusqu'au bout. Ne partez pas tant que le médecin n'aura pas dit que tout est en ordre. »

Les autres me mirent debout, j'avais l'impression d'être un enfant entre eux. J'étais entouré, guidé. Je ne pouvais pas échapper à mon destin. Mais je m'en fichais. Je me fichais de tout. Mais Wulf avait raison. Gabriela était passée à autre chose. Je l'avais perdue. Ce putain de destin me l'avait ravie. Et maintenant il était trop tard.

Je ne lui ferais jamais de mal. Je ne lui demanderais jamais de choisir entre moi et un autre homme digne de ce nom, un homme qui l'aimait. Un homme qui avait été là pour elle en mon absence.

Mes épaules s'affaissèrent en signe d'abattement, je crachai le goût métallique du sang dans ma bouche tandis que nous quittions l'arène et nous dirigions vers le dispensaire.

Ainsi soit-il.

Une grosse main se posa sur mon épaule.

Braun.

« Tu survivras, frérot, » dit-il, comme si je subissais une nouvelle et douloureuse séance de torture de la Ruche.

Je ne répondis pas. Je ne m'en souciais guère, de toute façon. La Colonie comptait plusieurs milliers de guerriers. Beaucoup étaient testés mais seule une poignée d'entre eux trouvaient la femme de leur vie. Les chances étaient minces de trouver une femme qui me corresponde, d'autant que ma bête et moi savions que Gabriela était celle qui nous convenait. Mais coopérer apaiserait Wulf et le gouverneur. J'étais trop buté pour mourir malgré mon cœur brisé.

7

*G*abriela, Terre

JE FERAIS MIEUX de faire une sieste. Mon Dieu, j'avais l'impression d'avoir du sable dans les yeux. Jori dormait profondément dans son siège auto que j'avais posé près de la porte d'entrée, il me restait environ une heure avant qu'il se réveille, affamé. Encore une fois. Il ne s'était pas encore calé niveau horaire. Je regardais le canapé avec nostalgie. Je pourrais m'allonger sur les coussins moelleux et fermer les yeux. Oh, le bonheur. Mais je devais d'abord ranger les courses avant qu'elles ne s'abîment et me doucher, et peut-être lancer une lessive. Mon survêtement, bien que miteux, étaient mon dernier vêtement propre, et je doutais fort qu'il passe la journée.

Les bébés – du moins le mien – étaient des créatures très cracra.

Des créatures magnifiques, de vrais miracles, mais très cracra.

Je pris les deux sacs et je les portai dans la cuisine, rangeai les œufs au frigo. Je grimaçai, la cicatrice de la césarienne me tirait. Je n'aurais pas dû porter le siège auto et prendre les courses dans la voiture, mais je n'avais pas le choix. Je ne voulais pas laisser Jori seul, ni dans la voiture ni à l'intérieur pendant que je descendais les courses. J'allais devoir prendre un autre antalgique. Je n'étais pas censée conduire mais il fallait bien manger.

Je me retournai et aperçus mon reflet dans le micro-ondes. J'aurais dû m'abstenir.

J'avais un chignon lâche et pas de maquillage. Mon débardeur ne cachait pas mes nouvelles rondeurs... plus qu'abondantes. Mes seins de jeune maman n'avaient rien à envier à la page centrale de Penthouse. J'étais très peu sortie depuis ma sortie de la clinique, et quand bien même, je ne m'étais pas maquillée, encore moins imaginée la tête que j'avais. J'avais à peine le temps de nous habiller et de franchir le seuil que Jori se faisait dessus, je devais de nouveau le changer. Incroyable que des êtres aussi minuscules se fassent autant dessus ?

Sans compter ma césarienne, les bandages, les saignements qui perduraient.

Ah. Je n'imaginais pas qu'avoir un bébé était si... perturbant.

J'entendis un léger reniflement provenant de l'autre pièce. Je fis le tour du comptoir et jetai un coup d'œil à mon fils.

Quelle merveille.

Mon Dieu, je l'aimais déjà. Je l'aimais tant. Il fronçait le nez et fermait ses poings en dormant. On apercevait ses petits bourrelets de bébé de rêve dans son petit body bleu avec écrit 'Le Bébé de Maman' sur la poitrine. Des cuisses rondouillettes et des plis aux coudes, chaque centimètre de lui était parfait. Et grand. Incroyable, et il n'avait que huit jours. Les jours étaient passés à toute vitesse et incroyablement lentement à la fois.

Je n'avais pas de famille pour m'aider, seulement quelques amis, mais elles avaient leur propre famille ou travaillaient. Je manquais de sommeil ; je ne me souvenais pas de la dernière fois où je m'étais douchée, si je m'étais fait un shampoing – si je l'avais rincé. Les livres disaient que c'était normal, que j'étais normale, mais je devais reprendre mon travail dans quelques semaines. Je devais me doucher. Enfiler des vêtements propres. Dormir plus de deux heures d'affilée. Être capable de me tenir debout sans grimacer suite à cet énorme bébé qui m'avait valu une césarienne. Être en mesure de penser à deux choses à la fois, bon sang, j'avais de la semoule à la place du cerveau ou quoi ?

Jori étendit ses petites jambes et poussa un vagissement. Le petit gars avait du coffre. Je regardai l'heure de la cuisinière, il était trop tôt pour qu'il ait de nouveau faim, mais ce n'était pas à moi de décider. Quand il avait faim, il le faisait savoir.

Je détachai les sangles du siège auto, le pris dans mes bras et le serrai contre moi, j'embrassai sa tête douce, et ris lorsque son poing heurta ma joue.

« Allez, c'est l'heure de la tétée, » je m'installai prudemment à l'angle du canapé, la meilleure place pour allaiter. Je soulevai mon débardeur, rabattis le bonnet de mon soutien-gorge d'allaitement et le calai au creux de mon bras. Il savait où aller et s'accrocha facilement. Bravo bébé.

« Tout le portrait de ton père, » dis-je, bouleversée par l'émotion. « Il adore les gros nénés. » Ces paroles chuchotées me donnèrent envie de rire, non pas parce qu'elles étaient drôles, mais parce que j'étais en plein délire, Jorik me manquait, je le pleurais dès que je regardais les cheveux et les yeux noirs de Jori, que j'essayais de refouler cette pensée terrifiante, j'étais seule responsable d'une autre vie. J'étais maman.

Tout ce que je pouvais faire pour honorer sa mémoire et me souvenir de mon seul et unique amour était d'appeler son fils comme lui.

Mes larmes coulaient alors que Jori émit un petit bruit, son petit poing s'enroula autour de mon doigt tandis que sa petite bouche tétait. Mon fils. Le fils de Jorik. Je l'aimais tellement que ça faisait mal. Ça faisait vraiment mal. Un moment doux-amer et solitaire, je n'étais pas sûre de survivre à ça toute seule.

Mais le superbe petit garçon n'avait pas du tout conscience de mon tsunami émotionnel. Il ne réagit pas, se contentant de téter comme s'il n'avait pas mangé deux heures plus tôt, et deux heures juste avant. Mes tétons étaient douloureux, mon corps me faisait mal comme si j'avais été percutée par un camion – comme si je n'avais pas accouché – la cicatrice de la césarienne rendait extrême-ment douloureux le simple fait de le tenir sur mes genoux.

Mais c'était parfait.

Je me calmai, fermai les yeux. Je soupirai et laissai mes pensées vagabonder comme à mon habitude. Jorik. Sa façon de me regarder, un mélange de curiosité et de possession. Je me souvenais de lui. Ses cheveux noirs, ses grosses mains. Son torse musclé. Sa grosse bite. Ses jambes puissantes. J'avais eu neuf mois pour revivre mes souvenirs. Encore et encore.

Les souvenirs étaient tout ce qui me restait, à part Jori. Je protégeais farouchement notre bébé. Je n'avais pas dit à la Gardienne Egara que j'étais enceinte, je n'avais rien dit à personne à propos de Jorik et moi. Au début, j'avais cru porter atteinte à la mémoire de Jorik en mentant, en disant aux médecins que Jori était le fruit du hasard, via un site de rencontre en ligne. Mais j'avais vite compris que je ne portais pas seulement l'enfant de Jorik, mais un enfant Atlan. Un extraterrestre.

Il n'y avait pas de bébés extraterrestres sur Terre. Presque pas d'adultes extraterrestres, tous confinés, surveillés. Tout comme Jorik l'avait été. Envoyé combattre dans une guerre contre la Ruche à la moindre incartade. Ok, arracher la tête d'un mec n'était pas rien, mais il m'avait protégée.

Mon Dieu, je me demandais où il serait maintenant si je n'avais pas été là. Il n'aurait pas tué ce type – non pas que je m'en plaigne – et n'aurait pas été banni. Envoyé combattre la Ruche. Capturé.

Et si. Si je ne l'avais pas rencontré, je n'aurais pas eu Jori, je ne pouvais même pas y penser. Impossible d'éprouver le moindre regret. Raison pour laquelle j'étais si prudente maintenant, si attentive avec mon fils. Il ne ressemblait pas à un Atlan, si ce n'est sa taille. Il était vraiment grand pour un bébé, mais sinon, nulle trace de son ascendance extra-terrestre.

J'avais dit au médecin que son père était un joueur de football professionnel. Les plus grands humains auxquels je pensais à l'époque. Il m'avait cru, avait même fait un commentaire au sujet de mon *nouveau petit défenseur* en salle de travail, après l'avoir mis au monde et soulevé au-dessus du drap qu'ils avaient mis en place pour que je ne vois pas l'intervention. Le mensonge semblait fonctionner, du moins pour l'instant. J'espérais juste que personne ne l'apprendrait jamais, s'ils avaient emmené Jorik, ils me prendraient certainement Jori.

C'était hors de question. Si quelqu'un essayait de me prendre mon fils, il découvrirait que les Atlans n'étaient pas les seuls capables de se transformer en bête féroce.

Jorik m'avait protégée, et je l'honorerais en élevant son

fils pour qu'il devienne comme lui. Attentionné. Protecteur. Respectable.

« On n'est que toi et moi, fiston, » murmurai-je, je l'installai sur mon épaule pour lui tapoter le dos. Il ne mit pas longtemps à faire son rot, puis je le retournai. L'instinct maternel était heureusement présent.

Jorik me manquait, je le désirais, mais j'avais accepté qu'il ne revienne pas. Pendant des mois, je m'étais raccrochée à l'espoir de le revoir, mais cet espoir s'amenuisait peu à peu. Ça avait été difficile durant ma grossesse et quand j'avais accouché sans lui. J'aurais aimé qu'il partage cette expérience avec moi, et maintenant aussi, voir Jori grandir de jour en jour.

J'avais dû m'endormir, je me réveillai en sursaut alors qu'on frappait à la porte. Jori était toujours pendu à mon sein, mais ne tétait plus. Lui aussi dormait.

Je clignai des yeux alors que les coups redoublaient. Mon Dieu, j'avais les seins à l'air !

« Une minute, » je posai Jori sur le canapé à côté de moi et remis mes vêtements en ordre.

Je le pris dans mes bras, tapotai ses petites fesses et allai ouvrir.

Deux hommes en uniforme identique à celui de Jorik se tenaient devant moi. J'eus le ventre noué devant la tenue familière.

« Oui ? »

« Gabriela Silva ? » demanda celui de gauche, avant de jeter un coup d'œil à Jori blotti dans mes bras.

« Oui, » répétai-je avec une certaine méfiance.

« Madame, on vous demande au Centre de Recrutement de la Flotte de la Coalition. »

Mon instinct me disait qu'il y avait un problème. Rien à voir avec le voleur chez le glacier, je ne me sentais pas en danger. Je me sentais comme... comme si, mon Dieu, impossible à dire.

« Ils ont retrouvé Jorik ? » demandai-je, en essayant de regarder derrière eux pour voir s'il n'était pas là. A supposer qu'il ne les ait pas assommés pour m'atteindre. Ce dont j'aurais rêvé...

Celui de droite fronça les sourcils.

« Nous ne connaissons pas de Jorik. Suivez-nous je vous prie. »

« Je dois confier le bébé à Mme Taylor au bout du couloir. »

Ils secouèrent la tête à l'unisson.

« C'est impossible Madame. La demande concerne le bébé et vous. »

Oh mon Dieu, j'avais raison. Ils savaient pour Jori et allaient me le prendre. Le placer dans une famille sur Atlan.

Pas question. Je ne leur laisserais pas mon bébé.

« Non. Si vous approchez de mon enfant je vous arrache la tête. »

« Madame, » répéta l'un d'eux, mais je ne fis pas attention duquel il s'agissait. Ils levèrent les mains devant eux. « Vous pouvez garder votre bébé. »

Je reculai, essayai de refermer la porte mais l'un d'eux la bloqua du pied.

« Madame. »

« Arrêtez de m'appeler madame ! » criai-je. Jori sursauta et se mit à pleurer. Je me mis à pleurer. « Vous n'avez pas le droit de me prendre mon bébé ! »

J'entendais des voix alors que j'appuyais mon épaule contre la porte, essayant de les empêcher d'entrer, mais j'avais du mal à les distinguer à cause des pleurs de Jori et mon cœur qui cognait dans mes tympans. Mon pied demeura entre la porte solide et l'encadrement mais personne ne me repoussa. Ils étaient plus grands que moi –

pas comme des Atlans – mais pouvaient facilement avoir le dessus.

« Oui. Contrariée. Oui. Non, je ne veux pas faire une scène.

« Oui. Nous attendrons. »

Je fis volte-face et me plaquai contre la porte, essayant de la fermer, tout en tapotant le dos de Jori pour qu'il se calme. Je sentais son adorable odeur de bébé en le serrant contre moi. Je ne le leur donnerais jamais.

« Gabriela. »

Une voix féminine prononçait mon prénom.

« Gabriela, ici la Gardienne Egara du Centre de Recrutement des Epouses Interstellaires. Nous nous sommes rencontrées voilà quelques mois. Je m'excuse de vous avoir effrayée en envoyant les gardes. Ils ne faisaient qu'obéir à mes ordres pour vous rapatrier. »

Je ne bougeai pas d'un pouce, hormis le fait de tapoter mécaniquement le dos de Jori et continuer de m'appuyer contre la porte.

« Pourriez-vous faire en sorte de libérer le pied du capitaine ? » demanda-t-elle.

« Je ne vous laisserai pas prendre mon bébé ! » m'exclamai-je.

« Bien sûr que non, » répliqua-t-elle. « Je regroupe les familles. Je ne les sépare pas. Et je n'enlèverais *jamais* un enfant à une mère aimante. »

« Comment puis-je avoir la certitude que vous ne mentez pas ? » Ce *jamais* laissait supposer qu'elle était offensée à cette simple idée. Il s'agissait de *mon* fils. Je ne prendrais aucun risque.

« C'est un Atlan mais il est aussi humain, il a besoin de sa mère. »

Ma main s'immobilisa, j'avais le cœur au bord des lèvres. Elle savait. Putain de merde. *Elle savait.*

Je m'éloignai de la porte qui s'ouvrit lentement. La Gardienne Egara entra et referma derrière elle, laissant les gardes dehors.

« Il est beau, » dit-elle en souriant à Jori, déjà rendormi. « Adorable. Comment s'appelle-t-il ? »

« Jori, mais je pense que vous le savez déjà. »

Elle était exactement comme lors de notre rencontre voilà quelques mois, lorsqu'elle m'avait aidée à obtenir des informations à propos de Jorik. Chignon élégant, uniforme impeccable.

« Un bébé de six kilos n'est pas monnaie courante, » répondit-elle.

Jori était immense, si grand qu'ils croyaient la date de mon terme erronée. Il n'était pas question que j'accouche d'une boule de bowling par voie basse, ils m'avaient conseillé une césarienne une semaine avant la date prévue de mon accouchement, ce que j'avais accepté avec joie. Cette naissance n'avait rien de spécial – Dieu merci – hormis sa taille.

« Vous avez vu l'article le concernant ? » Un abruti d'infirmier à la clinique avait parlé du bébé à sa *femme*, journaliste pour une chaîne de télévision locale. Une chose entraînant l'autre, j'avais remarqué la présence de journalistes devant la clinique lorsque nous étions partis, les pieds de Jori dépassaient déjà du siège auto. Il était non seulement lourd, mais grand. Je me demandais comment ce pauvre petit avait pu rester tout recroquevillé dans mon ventre.

Piégé. Bon sang. Je quittai mon fils du regard pour croiser celui de la Gardienne Egara qui me dévisageait attentivement.

Elle opina du chef.

« Oui. Mais seulement aujourd'hui. J'étais en vacances, je n'en ai eu connaissance qu'aujourd'hui. Vous recherchiez le

Seigneur de Guerre Jorik ce jour-là et ce n'était pas uniquement pour le remercier. »

Ce n'était pas une question. Je secouai la tête.

« Non. Je l'aimais. Je voulais lui dire que j'étais enceinte. Mais ça n'a plus d'importance maintenant. Il n'est plus là. »

« Ça a de l'importance. » Elle indiqua Jori qui dormait maintenant. « Votre fils est à moitié Atlan. Il ne peut pas rester ici sur Terre. »

Je reculai d'un pas.

« Vous ne me le prendrez pas. Comme je viens de le dire aux gardes, si vous le touchez, je vous déchiquète. »

Elle se mit à rire.

« Oui, je vous crois. Loin de moi l'idée de vous l'enlever. Mais vous devez quitter la Terre. Votre fils a peut-être une apparence humaine pour le moment mais il ne sera pas un garçon normal en grandissant. Il ne sera pas heureux ici. »

« Pour aller où ? » j'avais le vertige, je suffoquais presque, paniquée. Où étais-je censée aller ? Sur une planète extra-terrestre ? Sur Atlan ? De quoi vivrais-je ? Je ne connaissais rien ni personne en dehors de ma région, encore moins sur une autre planète. Je ne voulais pas d'un autre époux. Ma vie était toute tracée ici, un travail, un appartement. Je pouvais élever mon bébé toute seule. Chez moi. Sur Terre.

Son immense sourire me troubla d'autant plus.

« Je n'ai pas souvent l'occasion de le faire. C'est pourquoi je tenais à le faire en personne. »

« Faire quoi ? »

« J'ai le plaisir de vous annoncer que le Seigneur de Guerre Jorik s'est échappé des geôles de la Ruche. Il est bien vivant et a été transféré à la Colonie. »

Mon cœur sauta pratiquement dans ma gorge.

« Qu... quoi ? »

Elle arborait un sourire charmant. Mes jambes me lâchèrent, je dus m'asseoir sur une chaise.

« Jorik est vivant ? »

« Oui, je peux organiser votre rapatriement vers lui sans nous embarrasser des formalités administratives habituelles puisque vous avez un enfant Atlan, *son* enfant. La loi terrienne interdit la présence d'extraterrestres au sein de la population. La loi de la Coalition stipule que les familles doivent être réunies. Par conséquent, vous et votre fils irez vivre à La Colonie auprès du Seigneur de Guerre Jorik. »

Je me passai la langue sur les lèvres. Clignai des yeux. C'était possible ? C'était vrai ? Mes rêves, mon désir de retrouver Jorik, qu'il n'ait pas été capturé et tué, se réalisaient ?

« C'est bien ce que vous souhaitez ? »

A quoi ressemblait cette Colonie ? Qu'est-ce que ça voulait dire ?

Et quelle importance, d'ailleurs ?

Non. Ça n'avait aucune importance. Je n'avais personne ici, personne d'autre que Jori. Et il avait besoin de son père.

J'avais besoin de son père.

J'acquiesçai.

« Oui, c'est ce que je souhaite par-dessus tout. Quand partons-nous ? »

« Je dois vous enregistrer, vous donner un neuro-processeur et les implants réglementaires nécessaires pour vivre parmi les autres membres de la Flotte, mais vous vivrez avec Jorik désormais, Gabriela. Dès aujourd'hui. »

8

J orik, Salle de Transport n.4, La Colonie

JE N'ARRIVAIS PAS à y croire. Je ne *voulais* pas y croire. Pas tant qu'elle ne serait pas là. Gabriela allait venir à la Colonie. Maintenant.

Je me tenais devant la plateforme de transport, jambes écartées, mains le long du corps mais poings serrés. Je me trouvais ici avec le technicien chargé du transport, le Gouverneur Rone, nous fixions...rien du tout. La plateforme était vide. Nous attendîmes. Longtemps. La pièce était silencieuse.

J'avais attendu un nombre incalculable de jours... des semaines, des mois, pour revoir Gabriela, rêvé d'elle, revécu chaque instant, chaque regard, chaque caresse, j'avais eu du mal à tenir le coup. Je n'avais plus envie d'arracher la tête de qui que ce soit mais ma bête piaffait d'impatience. Je pivotai sur mes talons et regardai fixement le technicien chargé du transport.

« Où est-elle, putain ? » il me regardait fixement derrière le pupitre de commande, lui aussi était intégré, comme tout le monde sur cette planète, il avait vécu l'enfer et en était revenu. Un Atlan écumant ne lui faisait pas peur. « Pourquoi restez-vous sans rien faire ? »

« Parce qu'il n'y a rien à faire, » répondit-il d'une voix égale. « Le transport a été organisé et planifié depuis la Terre. »

Je me retournai, contemplai fixement le sol de la plate-forme métallique où arriverait Gabriela.

« Calmez-vous, Seigneur de Guerre. Elle arrive. »

Je regardai le gouverneur à côté de moi, et plissai les yeux.

« Vous n'en avez aucune certitude. »

Il répondit en hochant la tête.

« Si. J'ai parlé à la Gardienne Egara en personne. »

Je savais qui était la Gardienne Egara, j'avais une vague idée de la confiance qu'inspirait cette humaine. Il croisa les bras sur sa large poitrine et fixa la plateforme de transport. De toute évidence, il lui faisait également confiance.

« J'ai parlé à quelqu'un sur Terre avant, elle m'a dit que Gabriela avait épousé un Terrien, qu'elle avait choisi un nouveau compagnon, » lui dis-je, bien qu'il le sache déjà.

« Il devait s'agir d'une erreur, Jorik. »

Ma bête s'impatientait, enrageait en pensant à ces jours écoulés, à la douleur et aux tourments que j'avais subis.

« Vous m'avez *forcé* à passer des tests pour trouver une nouvelle épouse. »

Il haussa les épaules, se fichait royalement de s'être trompé.

« Vous n'étiez pas compatibles. Et vous *étiez* à deux doigts de tuer mes guerriers dans l'arène. »

Je fronçai les sourcils, inutile qu'on me rappelle que j'avais perdu mon sang-froid. Je retins ma bête, me forçai à me calmer. Gabriela arriverait bientôt. Vers moi. Elle était à moi. Elle était d'accord.

« Gabriela n'a pas choisi un autre homme ? »

« Non. La Gardienne Egara m'a dit qu'ils avaient dû se tromper de femme. Une erreur, rien de plus. »

Une *erreur* qui avait failli me rendre fou et coûter la vie à deux valeureux guerriers dans l'arène.

Les vibrations sous mes pieds interrompirent le cours de mes pensées. Je n'avais aucun intérêt à parler maintenant, devant les premiers signes d'un transport en approche. Je quittai le gouverneur des yeux pour me concentrer sur la plateforme. Mes poils se hérissèrent, je sentis le grésillement familier du transport.

« En approche, » annonça le technicien, il aurait plutôt dû, conformément à la procédure, nous avertir de nous éloigner de la plateforme qu'énoncer l'évidence.

Elle apparut en un clin d'œil, allongée sur le dos, endormie. Je montai les marches en courant et m'agenouillai devant elle.

Je levai les yeux vers le gouverneur, puis de nouveau vers la silhouette inconsciente de Gabriela.

Elle était là. Mais elle n'était pas seule. Elle tenait un bébé serré contre sa poitrine.

Tant de choses s'offraient à ma vue en même temps que je restai sans voix. C'était bien elle, les mêmes cheveux noirs, ce beau visage dont je me souvenais si bien, mais elle n'avait pas l'air bien. Sa peau était pâle, ses yeux enfoncés, marqués, cernés. Elle portait un pantalon ample et une grande chemise, ses seins étaient beaucoup plus volumineux, son ventre encore plus accueillant et arrondi.

Toute douce. J'avais hâte de découvrir les moindres

transformations de son corps. La découvrir de nouveau. L'aimer.

Mais... *il y avait un bébé.*

Lui aussi dormait, il était très petit. Un nouveau-né, me dis-je. Impossible de savoir s'il s'agissait d'une fille ou d'un garçon. Le bébé était enveloppé dans une couverture blanche. Mais ses cheveux étaient aussi noirs que ceux de Gabriela. Noirs.

L'enfant cligna à peine des yeux, des yeux noirs me dévisageaient.

La peau du bébé était aussi plus mate que celle de Gabriela.

Aussi mate que la mienne.

« Elle a un enfant, » murmurai-je. Un enfant. Un bébé. Comment ? Pourquoi ? Qu'est-ce que... ? Qui était le père ? S'était-elle mariée en définitive ? Avait-elle choisi un nouveau mari ? Quoi ? Qui l'avait touchée ? M'appartenait-elle toujours ? En avait-elle aimé un autre ?

Je ne pouvais me dépêtrer du maelstrom de mes pensées, ni empêcher cette tempête d'émotions de déferler.

« Oui. La Gardienne Egara m'a dit que vous aviez un enfant, Seigneur de Guerre. »

J'arrêtai de respirer. Tout comme ma bête.

A moi ? Le bébé était de moi ? Ma femme avait passé sa grossesse toute seule sur cette planète arriérée pendant que j'étais capturé et torturé ? Avec ces sauvages de médecins ?

J'avais un enfant ! Ma bête poussa un hurlement de joie.

« Pourquoi ne pas me l'avoir dit ? » grommelai-je, les mains tremblantes, alors que je soulevais ma femme et mon enfant. Je les pris dans mes bras et le regardai de travers.

« Arrêtez de me regarder méchamment, ok ? » il me sourit et me donna une bourrade.

Ma bête grogna et griffa presque le gouverneur alors qu'il se penchait sur l'enfant. Il ôta bien vite ses mains.

« Doucement, Seigneur de Guerre. Je ne veux aucun mal à votre famille. Je vais tenir l'enfant pendant que vous surveillez votre femme. »

Bonne idée – il avait lui aussi des enfants – je hochai la tête et acceptai son aide, car il ne faisait aucun doute que ma femme avait besoin d'aide. Elle avait l'air d'avoir souffert. Elle était faible. Vidée. Epuisée. Elle avait traversé la galaxie alors qu'elle devait déjà se remettre d'avoir porté mon enfant. J'étais un Atlan. Elle était petite. Humaine.

Et hyper belle. Si forte. Je n'avais jamais rien vu d'aussi parfait de toute ma vie.

Le gouverneur prit le bébé avec des gestes doux et le maintint contre sa poitrine. Il n'esquissa pas le moindre geste, pas un pas de plus, sentant probablement que ma bête attaquerait le cas échéant. Je ne savais qui regarder, qui protéger, ma bête criait instinctivement *à moi* vers eux deux.

Le bébé en sûreté, j'examinai Gabriela.

« Qu'est-ce qui lui est arrivé, bon sang ? »

C'est moi qui avais été capturé par la Ruche. J'avais vécu l'enfer. Ses cheveux, en général lisses et soyeux, étaient relevés sur sa tête en un truc que les humains appelaient 'chignon'. Je l'avais vue coiffée de la sorte quand elle travaillait chez le glacier mais ses cheveux étaient emmêlés, ébouriffés, avaient perdu de leur brillance. Son visage n'avait plus son allant habituel, ses yeux étaient cernés. Elle portait une chemise identique à celle qu'elle portait chez le glacier, mais celle-ci était plus grande de plusieurs tailles, froissée et tachée. Son pantalon était ample et élimé. Elle sentait une odeur bizarre, un mélange de l'odeur de mon fils mêlé à la senteur féminine dont je me souvenais. Mais il y avait autre chose. Une odeur étrange. Du plastique. De l'huile. Un mélange de savon très doux et de lait aigre, le premier provenant de l'enfant, le second de la grande tache sur l'épaule de la chemise de Gabriela.

« Vu l'âge du bébé, je suppose qu'elle a accouché récemment, » dit-il.

Je la regardai encore un peu, puis n'y tenant plus, la pris soigneusement dans mes bras et l'installai sur mes genoux. Elle était plus lourde que dans mes souvenirs, ses courbes encore plus voluptueuses.

Elle était là, dans mes bras, et personne, *personne* ne nous séparerait. Ma bête hurlait de bonheur.

« Seigneur de Guerre. Vous êtes bouleversé. »

Je le regardai. Il se tenait une marche plus bas alors que je m'asseyais sur le sol dur, mais demeurait malgré tout plus grand que moi.

« Pourquoi, vous ne le seriez pas à ma place ? »

Il me sourit.

« Absolument. Félicitations. »

« Pourquoi dorment-ils ? » demandai-je en me levant avec précaution. « Quelque chose ne va pas. Regardez Gabriela. Elle devrait avoir repris conscience. Elle est malade. Je dois l'emmener au dispensaire immédiatement. »

Je voulais prendre le nourrisson dans ses bras pour le garder près de moi et faire écran de mon corps.

Le gouverneur dû sentir mon tourment.

« Je reste avec vous, promis. Je ne vous séparerai pas de votre enfant, mais vous ne pouvez pas vous occuper de votre femme et tenir l'enfant en même temps. »

Je savais, malgré moi, qu'il avait raison. J'appréciais son calme efficace et sa lucidité, n'ayant moi-même ni l'un ni l'autre en cet instant.

Quelques minutes plus tard, je déposai soigneusement Gabriela sur un lit d'examen, un médecin prillon se mit à agiter une baguette sur elle, l'examinait. Je regardai le gouverneur, m'assurant qu'il se tienne à quelques mètres de moi, tout en restant à proximité de l'entrée du dispensaire. Il ne comptait pas s'en aller.

Le médecin comprit peut-être que je n'avais pas l'intention de bouger et effectua les examens en ma présence.

Ce faisant, Gabriela remua, cligna et ouvrit les yeux. Je me penchai immédiatement sur elle pour qu'elle voie mon visage, et rien d'autre. Je lui souris, caressai sa joue douce. Mon Dieu, c'était le moment que j'avais tant attendu. Elle était là, réveillée et bien *à moi*.

« Ma femme, » chuchotai-je.

« Jorik, » murmura-t-elle en me dévisageant, presque incrédule. Ses yeux s'emplirent de larmes. Elle cria « Jorik ! » alors que j'étais penchée sur elle et se mit à sangloter. Elle leva ses mains et passa ses bras à mon cou, comme si elle avait peur que je m'en aille. Elle pleurait, c'était le bruit le plus douloureux que j'avais eu à endurer de toute ma vie.

« C'est bien toi ? Ne me quitte pas. »

Jamais.

« Chut, » murmurai-je en caressant ses cheveux pour essayer de l'apaiser. « Je suis là, tout va bien. »

Elle tremblait comme une feuille et s'accrochait à moi. Je me tournai vers le médecin qui n'avait pas l'air inquiet, mais attendait avec une patience d'ange.

Ses larmes finirent par se tarir, elle hoqueta une fois et relâcha son étreinte. Elle posa sa main sur ma joue et me regarda de ses magnifiques yeux brillants.

Je ne pouvais pas attendre un instant de plus. Je me penchai et l'embrassai. Ses lèvres étaient si douces, si familières que j'en pleurais presque de bonheur. Ma verge palpitait de désir. Mon cœur ... mon cœur était trop plein.

Elle sursauta et essaya de s'asseoir, heurtant presque nos têtes l'une contre l'autre, avant de s'effondrer à nouveau sur le lit, en proie à une douleur extrême.

« Oh mon Dieu. Jori ! Où est Jori ? » s'écria-t-elle.

Je réalisai qu'elle ne parlait pas de moi mais faisait référence au bébé.

« Ne t'inquiète pas. Le bébé est là. »

Je reculai juste assez pour que le gouverneur se place à côté de moi, afin qu'elle puisse voir le bébé. Jori.

« Il va bien ? » demanda-t-elle. « Le transport n'a pas fait de mal à notre fils ? »

Notre fils. J'avais un *fils*.

« Il va bien, » je déglutis péniblement pour ravaler mes émotions. Elle n'avait pas besoin d'un Atlan pleurnicheur en ce moment. « Il dort paisiblement. »

Elle se détendit à nouveau, posa une main sur son bas-ventre et soupira. J'étais heureux de la mettre à l'aise, mais je n'aimais pas son regard tendu, teinté d'un voile de douleur. Des larmes jaillirent à nouveau de ses yeux.

Encore des larmes.

Ma bête rôdait, menaçant de surgir et exploser littéralement de mon corps. Ma femme souffrait.

Je regardais le médecin.

« Elle pleure toujours. Qu'est-ce qu'elle a ? »

« Seigneur de Guerre, votre femme souffre d'anémie, d'épuisement, de dérèglement hormonal et de graves lésions internes, » m'annonça le médecin.

Je fis volte-face vers le guerrier prillon.

« Quoi ? Expliquez-vous. » Perdait-elle du sang ? Etait-ce la raison de sa pâleur ?

« Comme vous le savez, elle vient d'accoucher. Il semblerait que les médecins humains aient effectué une césarienne pour faire naître l'enfant. Les effets de la grossesse et de l'intervention chirurgicale la font toujours souffrir. »

« Pourquoi ? » C'était ridicule. Les femmes ne souffraient pas lors d'un accouchement.

« La Terre n'est pas un membre à part entière de la Coalition. Ils n'ont pas accès à la technologie ReGen. Son corps a essayé de guérir seul. »

« Je vais bien. Le neuro-processeur me donne la

migraine et les autres implants régissant mes fonctions corporelles me font ... un drôle d'effet. Mais je vais bien, je t'assure. Jorik, aide-moi à me lever, » dit Gabriela, la paume de sa main toujours sur son bas-ventre.

Je posai mon bras sur ses épaules et aidai prudemment Gabriela à s'asseoir, sans la lâcher.

« Je ne suis pas blessée. On dirait que j'ai combattu. J'ai accouché. La semaine dernière. D'un Atlan, » ajouta-t-elle, légèrement sarcastique.

Je ne pus m'empêcher de sourire. Elle se portait assez bien pour faire sa maligne, elle s'en remettrait. Elle était entière. Et heureuse. J'y veillerai.

« C'est mon enfant. »

« Oui, il est de toi. Sans l'ombre d'un doute. » Elle fit un signe de tête et je regardai le bébé endormi. « Il porte ton prénom. » La douceur de sa voix me bouleversait, je me penchai à côté d'elle sur le lit d'examen et la pris dans mes bras. Nous avions réussi. Il était évidemment parfait. Jori grandirait, deviendrait un seigneur de guerre puissant.

Je n'avais jamais ressenti rien de tel. L'allégresse, la joie, le bonheur. Un pur bonheur. Ainsi qu'une satisfaction toute masculine, fier que Gabriela soit tombée enceinte du premier coup grâce à mon sperme particulièrement fertile. J'avais envie de la déposer dans le lit le plus proche et de la tringler, l'inonder de sperme et lui prouver à quel point nous formions le couple idéal.

Le médecin agitait une baguette magique sur le ventre de Gabriela.

« Je peux voir ? Je détecte du métal. »

Gabriella déplaça sa main, souleva le bas de sa chemise de quelques centimètres et descendit le haut de son pantalon.

« C'est quoi ce bordel ? » grognai-je devant la cicatrice d'une bonne quinzaine de centimètres. La chair meurtrie tenait par des agrafes métalliques, la peau douce que j'avais léchée et embrassée en descendant vers sa chatte était désormais déchirée et lacérée.

« Ma césarienne, » dit Gabriela. « Elle a l'air bien. »

« Bien ? *Bien* ? Pas du tout. Vous êtes des barbares sur Terre ou quoi ? On dirait que tu as été agressée au couteau ! »

« C'est le cas. C'était la condition sine qua non pour accoucher de ton fils de six kilos, » répliqua Gabriela, avant de rajuster ses vêtements.

« Mais tu n'es pas guérie et ça fait une semaine ! » Je ne pouvais pas laisser ma femme dans cet état. « C'est pour ça que tu as l'air si faible. Tu n'es pas rétablie, ma chérie. »

« Inutile de me faire remarquer que j'ai une tête horrible Jorik, » répliqua-t-elle en détournant le regard. « J'ai accouché d'une pastèque. On a dû m'ouvrir et me recoudre, puis je suis rentrée chez moi pour m'occuper de lui. Seule. Ma montée de lait a eu lieu, à ma grande surprise je l'avoue. Je saigne encore suite à l'accouchement donc tu peux faire une croix sur les rapports sexuels. Je ne me souviens pas de la dernière fois où je me suis douchée, encore moins brossée les dents ou coiffée. Ton fils mange sans arrêt et je n'ai presque pas dormi depuis plus d'une semaine. »

Je lançai un regard en direction du médecin.

« C'est normal ? »

« Elle vient d'une planète primitive, » répondit-il, comme si cela expliquait tout.

J'avais été en poste là-bas pendant plusieurs mois et ne pouvais qu'acquiescer, bien que n'ayant jamais vraiment songé à la façon dont les humains mettaient leurs enfants au monde.

« Il n'ont pas de caissons ReGen sur Terre. Pas de protocole post-partum, » déclara le médecin. « Ce sont des agrafes si je ne m'abuse. »

« Oui. J'ai des points résorbables à l'intérieur, » précisa Gabriela.

« À l'intérieur ? » Je ne pouvais pas la laisser dans cet état plus longtemps. « Elle doit séjourner en caisson ReGen immédiatement. Je refuse qu'elle souffre et garde ses blessures un instant de plus. »

« J'ai pris un antalgique avant de quitter la Terre, mais... je ne peux pas obtenir mon médicament sur ordonnance ici. »

Le docteur acquiesça.

« Effectivement. » Il regarda Gabriela avec bienveillance. « Une femme qui accouche sur une planète de la Coalition séjourne en caisson ReGen afin de soigner les blessures liées à l'accouchement. Ce n'est pas douloureux. C'est reposant, réparateur et rapide. »

« Ça fonctionne comment ? » demanda-t-elle.

« Vous vous endormez dans le caisson et vous réveillez guérie, » répondit tout bonnement le médecin. « Je pourrais vous expliquer le processus scientifique en détails mais voilà l'idée principale. Plus de douleur. Plus de saignement. Votre corps sera totalement rétabli du traumatisme lié à l'accouchement. »

« Vous plaisantez ? C'est miraculeux. Ça dure combien de temps ? »

« Tout dépend de la blessure. Pour une césarienne comme la vôtre, disons une heure. Votre organisme sera totalement remis des effets indésirables de l'accouchement. Pas d'analgésiques comme vous l'avez mentionné. Pas d'agrafes. Comme je vous l'ai dit, votre organisme sera complètement guéri. »

« Ça m'aidera à éliminer les kilos pris durant la grossesse ? »

Je la regardai d'un drôle d'air, je me demandais pour-

quoi ma femme voulait se débarrasser de ses formes voluptueuses.

Le docteur partit d'un petit rire.

« Le caisson ReGen guérira votre organisme mais ne s'at-
taquera malheureusement pas aux cellules saines. »

« Hors de question, ma chérie. » Ma main se lova sur sa
nuque, je tournai son visage aux traits tirés vers moi.
« J'aime chaque centimètre de ton corps. Je t'interdis d'en
parler de cette façon. »

« Je suis trop grosse, Jorik. » Ses yeux s'emplirent à
nouveau de larmes.

Ma bête grogna, je me penchai pour l'embrasser.
Doucement. Une caresse. Elle était vulnérable en ce
moment. Elle souffrait. Etait fatiguée. Belle à couper le
souffle. Je ne supportais pas l'idée de la voir souffrir. « Tu es
parfaite. »

Elle regarda le bébé qui dormait toujours aux bras du
gouverneur. Il était resté remarquablement calme pendant
tout ce temps.

« Je pourrais toujours l'allaiter ? »

« Bien sûr. »

Elle semblait indécise mais je la comprenais. Si on
m'avait demandé d'entrer dans un caisson ReGen sur le
champ j'aurais refusé. J'aurais eu trop peur que ma femme
et mon enfant disparaissent.

« Je resterai à tes côtés. Je ne m'en vais pas, » lui promis-
je. « Je garderai le bébé avec moi. Je te promets que ma bête
ne vous laissera pas vous éloigner. » En fait, elle grognait
pour qu'on lui passe les bracelets de mariage le plus vite
possible. Elle serait par conséquent notre épouse, nous
serions officiellement mariés. Elle serait à moi pour
toujours. Personne ne remettrait notre union en doute dès
lors que je porterais les fameux bracelets. De plus, je voulais
que tout le monde sache que j'étais son mari. Elle m'avait

fait la joie de me donner un enfant. Nous formions une famille.

Mais il y aurait un délai inévitable. J'avais refusé d'apporter les bracelets de mariage à la Colonie après avoir appris que Gabriela avait choisi un nouveau compagnon. Je n'avais pas imaginé en avoir besoin un jour. Je pouvais en demander une paire à la machine S-Gen mais les meilleurs artisans d'Atlan fabriquaient depuis des lustres les plus beaux bracelets à la main. Pour Gabriela, je voulais ce qui se faisait de mieux. Le summum.

Je pouvais faire la demande maintenant qu'elle était là, les bracelets seraient livrés dans la journée.

J'attendrais si les bracelets étaient aussi superbes que la femme qui les porterait. Un Atlan qui passait les bracelets à ses poignets ne les enlevait plus jamais. Ô grand jamais. Sous peine de déclencher une frénésie meurtrière chez sa bête, bien qu'elle n'ait pas souffert de la fièvre d'accouplement au moment de choisir sa femme.

Je regardais la femme que *j'avais* choisie. Elle n'avait pas été choisie par ordinateur mais c'était ma femme quand même. Elle était parfaite pour moi. Je le savais, et ma bête aussi.

Mais alors, comment avait-elle pu en épouser une autre ? Comment était-elle arrivée ici, avec mon fils ? Mes nombreuses questions attendraient. La douleur qu'endurait Gabriela n'était pas permise.

Elle bougea dans mes bras et tressaillit.

« Bon sang, c'est comme des coups de poignard. J'aurais bien besoin d'un antalgique. »

« Inutile, promis. » Le médecin se montra rassurant « Tout ira bien pour Jori pendant votre convalescence. Je vais l'examiner, mais vous avez déjà fait tout le travail. » Le médecin posa une main rassurante sur l'épaule de Gabriela. « Je vais l'examiner pour m'assurer de sa bonne santé suite au transport. Vous pourrez ensuite vous reposer tous les deux sans souci aucun dans vos appartements. »

Elle pencha la tête en arrière et me regarda avec inquiétude.

« Qu'est-ce que tu en dis, Jorik ? »

« Tu parles du caisson ReGen ? »

Elle hocha la tête, affaiblie, meurtrie, elle me laissait le choix, me faisait confiance pour prendre soin d'elle. J'avais le cœur gros, la douleur m'étouffait presque. Je ne méritais pas sa confiance, pas après l'avoir laissée enceinte et seule. Je ne *la* méritais pas, mais je ne l'abandonnerais pas.

« Oui, ma chérie, » murmurai-je. « N'aie crainte. Tu en sortiras complètement rétablie. Sans aucune douleur. »

« Ce serait formidable d'être à nouveau normale. »

Ma bête grogna, je savais qu'elle la sentait gronder dans son dos.

« Oui, et puis on s'attellera à mettre une fille en route. »

Elle se mit à rire et tapota ma joue d'un air réprobateur.

« Je ne pense pas avoir envie de faire l'amour de sitôt Jorik, mon corps n'a rien de désirable. »

« Tu verras, ma chérie, » j'étais résolu à lui prouver qu'elle avait tort. Je la désirais déjà, je bandais. Ses montagnes et ses vallées n'attendaient qu'à être explorées. Par moi. « Une heure, tu verras après. »

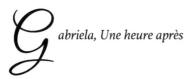

abriela, Une heure après

J'OUVRIS les yeux pour la deuxième fois aujourd'hui et Jorik était toujours là. Je battis des paupières pour m'en persuader.

Il me souriait, son beau visage focalisé sur moi. Je contemplais ses yeux couleur chocolat, ses cheveux noirs, la barbe de son visage viril. Il paraissait plus solide que jamais. Encore plus parfait.

« Ma femme, » chuchota-t-il. « Comment tu te sens ? »

Je tournai la tête, me souvins que j'étais dans ce drôle de caisson. J'étais bien, allongée sur un coussin moelleux, la partie supérieure métallique, relevée, me rappelait le cockpit transparent d'un avion de chasse. Jorik se pencha sur moi et posa sa main sur le rebord.

Je remuai légèrement, il m'aida à m'asseoir. Je ne ressentais plus la douleur aiguë de ma césarienne, ni aucune fatigue.

« Attention, » prévint le médecin en entrant dans la pièce. Après avoir accepté ce traitement de l'espace, Jorik m'avait amenée dans une autre pièce du dispensaire où plusieurs caissons étaient alignés. Deux d'entre eux avaient leurs couvercles fermés et étaient occupés – par des extra-terrestres. Deux autres étaient vides. Puis il y avait le mien.

« Les agrafes qu'on vous a posées sur Terre ont été enle-vées pendant votre sommeil, le caisson ReGen a fait son ouvrage. Vous devriez vous sentir beaucoup mieux. »

Il m'adressa un signe de tête approbateur alors que je baissais mon pantalon de survêtement élimé pour inspecter les dégâts. Plus de trace d'incision mal cicatrisée. Plus de cicatrice. Plus aucune douleur. Rien.

« Oh mon Dieu. C'est parti. »

Le bébé fit un drôle de bruit et je le regardai, blotti contre la poitrine de Jorik. Il était encore enveloppé dans la couverture toute douce prise quand la Gardienne Egara était venue à l'appartement. Cet immense nouveau-né paraissait minuscule dans les bras de Jorik. Il reposait sur l'avant-bras de son père, bras et jambes de part et d'autre, la tête au creux de son coude. Il me regardait de ses yeux noirs. Je doutais qu'ils changent de couleur.

« Coucou mon amour, » chuchotai-je en lui souriant. Il était trop petit pour me sourire mais s'arrêta en reconnais-sant ma voix.

« On est restés assis ici pour faire connaissance pendant que le caisson faisait son ouvrage, » dit Jorik très calmement. Je me souvenais qu'il était devenu fou pendant le vol et ce... mon Dieu, il était si différent. Si affectueux. Il leva son bras et embrassa la petite tête de Jori. « J'ai changé sa couche, je n'ai pas l'habitude des couches terriennes. »

« Tu as une très mauvaise opinion de tout ce qui vient de Terre. »

« Tout, sauf toi, » et ces yeux... mon Dieu, j'oubliais tout dans son regard.

« Je l'ai examiné, il est parfait, » dit le docteur en souriant à Jori. « Il est rare qu'on ait des nouveau-nés ici. Ils ne sont que quelques-uns. Ce sera un bonheur pour toute la planète. » Il se tourna vers moi. « Tous ces valeureux guerriers vont craquer quand ils le verront. »

Jorik ne nia pas, se contenta de me regarder en souriant.

« Quant à vous, » poursuivit-il. « Avez-vous eu d'autres effets indésirables suite à l'intervention hormis la cicatrice ? Comment va votre dos ? Vos mamelons sont-ils douloureux ? »

Je regardai le docteur tandis que Jorik serrait le petit Jori dans ses bras, son visage arborait une expression indéchiffrable. Qu'un immense guerrier prillon me questionne sur mes bouts de sein était quelque peu gênant, mais il était médecin, comme mon médecin sur Terre. Il conservait un ton si professionnel que je lui répondis sans hésiter, Jorik s'était figé, immobile, devant sa question.

« Mon dos va mieux. Être enceinte d'une pastèque l'a fait souffrir. Mes tétons vont mieux. » Je me raclai la gorge, je devais être rouge comme une tomate. Il était temps de changer de sujet. « Je me sens... reposée. Comme si j'avais dormi douze heures. »

« Quel est le problème avec tes tétons ? » demanda Jorik, en regardant ma poitrine.

Mes mamelons n'étaient plus du tout douloureux – ils étaient crevassés et douloureux depuis que j'allaitais Jori. Ils étaient désormais durs, mes seins étaient douloureux pour une raison étrangère au bébé dormant dans les bras de son père.

J'avais le visage en feu.

« Ton fils est comme toi. » Comme il ne comprenait pas, je poursuivis « Il est obsédé par mes seins. »

Jorik sourit d'un air espiègle.

« Je vais m'occuper d'eux. *Personnellement.* »

Le docteur ignora l'intention de Jorik d'examiner mes tétons.

« Votre fils continuera de réclamer et votre sommeil sera perturbé pendant quelques mois encore, jusqu'à ce qu'il trouve son rythme, mais vous n'aurez désormais plus à vous soucier de votre convalescence. »

Ce caisson ReGen faisait des miracles, je lâchai ma taille élastiquée.

« Les autres mères allaitent ? Vous avez du lait maternisé ici ? J'ai besoin d'une pause de temps en temps. Ou... » je regardai Jorik, j'aimerais bien passer du temps seule avec mon mec. « Une baby-sitter ? »

Le docteur sourit.

« Les besoins nutritionnels des nourrissons humains ont été programmés dans les unités S-Gen. Il suffit de demander, comme pour tout autre aliment. »

« Oh. » Pas de corvée cuisine ? J'aimais déjà cet endroit.

« Souhaitez-vous déjà un autre enfant ? » demanda le docteur. « Sinon, je peux vous proposer plusieurs moyens de contraception. »

Je restai bouche bée. Je n'avais jamais envisagé de contraception, étant célibataire sur Terre. Mais maintenant, avec Jorik ? J'étais tombée enceinte du premier coup – la seule fois où nous avions eu des rapports. Je ne tomberais pas enceinte huit jours après l'accouchement, mais Jorik était très demandeur et j'étais du genre fertile. Je n'avais pas vraiment envie d'être à nouveau en cloque.

Je me tournai vers lui mais il garda le silence, la décision m'appartenait.

« J'aimerais bien attendre un peu. »

« Je vais vous faire une injection, vous serez tranquille pendant six mois. Je vous informerai à quel moment vous devez renouveler le traitement, vous pourrez changer d'avis si vous le souhaitez. »

Ceci étant dit, Jorik me lança :

« Viens, ma chérie. Allons-y, je vais te faire visiter mon appartement. J'ai des projets pour toi. »

Et notamment mes tétons. Ça me convenait parfaitement. Contrairement à l'heure précédente – peu importe le temps passé dans le caisson – le sexe m'intéressait à nouveau. Je ressentais de l'attirance. Du désir. Du manque. Sauf que je n'avais pas pris de douche depuis... des années-lumière et que mes cheveux étaient probablement en pétard.

Je criai lorsque Jorik me prit dans ses bras.

« Attention au bébé ! »

Il me reposa sur mes deux pieds tandis que je lui donnais une tape sur l'épaule. "

« Le bébé va bien. Tu me crois donc faible au point de ne pas pouvoir porter ma femme et mon fils ? »

Je me sentais mieux. En forme, comme si je n'avais pas subi une grosse intervention il y a huit jours à peine. Mes seins étaient encore gros, lourds et pleins de lait. Le caisson ne m'avait pas rendue mon apparence d'avant la grossesse, seulement guérie des suites de l'accouchement.

Je me penchai et embrassai la tête toute douce de Jori puis levai les yeux... très haut, vers Jorik.

« Je suis si heureuse. Je me sens mieux. Rien que le fait de te voir bien vivant... »

Les larmes me montèrent de nouveau aux yeux, pour la millième fois depuis nos retrouvailles. Mais pas d'épuisement ni à cause des hormones, ou de la peur que j'avais ressentie lorsque je m'étais rendue compte que j'étais enceinte et toute seule. C'était... une vraie torture. Douce amer. Bouleversante. Contempler Jorik était douloureux pour moi. Le toucher également. J'avais pleuré pour lui, j'avais continué de vivre tout en le sachant mort pendant près d'un an. Et maintenant ?

Mon cœur brisé battait à nouveau grâce à lui. Ressentait. *Aimait.* Au risque de le perdre à nouveau.

Jorik se pencha et murmura à mon oreille.

« J'ai survécu en captivité grâce à toi, Gabriela. Je pensais à toi. A ton sourire, ta voix, ton corps. A la façon dont tu fondais comme la glace sur Terre sous ma caresse. Ta voix quand tu jouis. La sensation sur ma bite. »

« Jorik, » murmurai-je en regardant par-dessus mon épaule pour voir si le docteur avait entendu, mais il était parti.

« Tu as dit tout à l'heure que tu ne voulais plus jamais faire l'amour. C'est toujours le cas ? » Sa voix me donnait le frisson. Je n'avais pas froid, bien au contraire ... très chaud.

« Ce caisson est un vrai miracle, » répondis-je.

Il me sourit.

« Ce n'est pas une réponse, ma chérie. »

« Oui j'ai envie de faire l'amour. Bientôt. Mais d'abord, j'ai besoin d'une douche. Vraiment. Et c'est bientôt l'heure de la tétée de Jori. »

« Moi aussi j'ai faim. Je n'ai pas envie de te partager, ma chérie, mais je m'en accommoderai. Pour lui. Je ne vais pas oublier de te goûter un peu plus bas. »

Dieu du ciel.

Ma bête extraterrestre était de retour. Ma libido était de retour. Un duo d'enfer.

L'heure de baiser avait sonné.

———

Jorik

. . .

J'AVAIS une envie folle de porter Gabriela jusqu'à notre – oui, *notre* – appartement, mais me contentai de passer mon bras autour de ses épaules et la serrai contre moi, je la laissai marcher.

J'étais persuadé que le caisson ReGen l'avait guérie mais .... j'avais envie de retourner sur Terre et d'arracher des têtes en veux-tu en voilà devant l'étendue de ses blessures, à cause de ce que ces barbares de médecins terriens lui avaient fait subir pour donner naissance à notre enfant.

Elle avait souffert. On lui avait ouvert le ventre et administré de simples antalgiques. Elle avait été seule. Ma bête était honteuse, sachant qu'elle avait porté et accouché de Jori toute seule, mais également plus féroce que jamais.

Gabriela était ici. Elle m'appartenait. Elle n'irait nulle part, elle ne souffrirait plus jamais.

Arrivés devant chez moi, le Gouverneur Rone et sa femme Rachel nous attendaient.

« Le docteur m'a dit que vous vous rendriez chez vous, » m'expliquant ainsi comment il était au courant.

Rachel s'approcha de nous avec une excitation mal dissimulée dès qu'elle nous vit.

« Une Terrienne. Et un *bébé* ! »

Son sourire était contagieux et son mari partageait son bonheur.

Tout comme moi. Ma bête était fière de montrer notre bébé, à Gabriela et à moi.

« Je m'appelle Rachel et j'ai épousé ce type. » Elle indiqua d'un mouvement de tête le gouverneur qui arborait fièrement son collier de mariage prillon. Ils formaient un couple bien assorti avec des colliers en cuivre autour du cou. « J'ai aussi épousé Ryston, mais il travaille. »

« Je me présente, Gouverneur Rone, mais appelez-moi

Maxim. J'avoue être *très* heureux de faire votre connaissance. »

Gabriela jeta un coup d'œil au couple.

« Ravie de vous rencontrer. Pardonnez ma tenue. »

« Vous avez accouché voilà une semaine à peine. Je suis étonnée que vous ayez la force de parler. Si vous aviez vu Jorik avant votre arrivée, » dit Rachel. « Mon Dieu, complètement en vrac. Il les a tous étripés dans l'arène, Tyran mis à part. »

Ma bête grogna, elle disait vrai. J'étais devenu fou. J'aurais fini par tuer quelqu'un à la longue.

« Tyran a une force démoniaque, Dame Rone. Personne ne peut rivaliser au corps à corps avec lui sur cette planète. »

« Je n'en sais rien. Un homme au combat est super sexy. » Elle s'appuya sur l'épaule du gouverneur, le regard brillant de désir. Je connaissais ce regard chez une humaine. Le regard viril de son mari prillon se fit plus insistant, comme frappé de plein fouet par le désir de sa femme.

Un homme chanceux. Comme moi. Le moment était venu de congédier nos agréables visiteurs.

« Je n'étais pas surexcité. » Je regardai Gabriela, qui souriait, du fait de ces taquineries à mes dépens. J'étais heureux de souffrir, de la voir sourire. « Et je n'étais pas en vrac. Ma femme me manquait, voilà tout. »

« Du calme, mon beau, » me taquina Rachel. « Et je pense que Gabriela n'aurait pas été d'accord que vous soyez surexcité. » Elle fit un truc drôle avec ses sourcils, les leva et les baissa.

Gabriela se mit à rire.

« Il y a d'autres terriennes ici ? »

Rachel sourit.

« Oui. Huit. Dont l'une n'est encore qu'une enfant. »

Gabriela perdit son sourire.

« Sur toute la planète ? »

« Je l'ignore, à vrai dire. Mais c'est le cas ici, sur la Base 3. Les femmes sont une denrée rare ici mais nous organisons une soirée entre filles une semaine sur deux chez moi. Je vous enverrai une invitation. »

« Merci. »

« De rien. Nous avons profité de votre convalescence pour nous procurer des affaires pour le bébé, » ajouta Rachel. « Un berceau et quelques articles, de quoi tenir un jour ou deux, une machine S-gen vous fournira tout le nécessaire. »

« C'est très gentil, » répondit Gabriela.

« Si vous voulez bien nous excuser, » ajoutai-je, pas vraiment intéressé par le berceau. « Nous avons du retard à rattraper. »

« Oh, je vois, vous avez envie de coucher ensemble, » dit Rachel. « On pourrait faire du baby-sitting si vous voulez ? »

« Non. » Gabriela et moi répondîmes en même temps, tous deux catégoriques.

« Je veillerai sur eux, » annonçai-je au gouverneur et à Dame Rone.

« Je suis sûre que vous êtes super dévoué et tout, mais Jori va bientôt avoir faim et il vaudrait peut-être mieux... »

« Laisse-les tranquilles ma chérie, » dit le Gouverneur Rone d'une voix douce, sur un ton qu'il n'employait qu'avec Rachel. « C'est un nouveau-né. Je doute que Gabriela ait envie de le laisser. Elle doit non seulement s'adapter à de nouvelles personnes mais à une nouvelle planète. Tu connais Jorik. Tu crois qu'il laisserait son enfant loin de sa protection ? »

Rachel soupira.

« Je comprends. Nous sommes là si vous changez d'avis. Pensez ... à nous en premier. Je pense que les volontaires ne manqueront pas pour faire le plein de câlins et s'occuper d'un bébé aussi mignon. »

« Merci, Dame Rone, » j'essayais d'être le plus courtois possible, tout ce dont je rêvais, c'était de rejoindre notre appartement, verrouiller la porte et me mettre aux abonnés absents pour la semaine. Que dis-je, un mois, voire une année.

Je voulais Gabriela pour moi tout seul, personne ne s'approcherait de Jori, ni ne le prendrait dans ses bras. Dieu merci, Gabriela n'avait pas eu de fille. Sans quoi le gouverneur aurait dû m'enfermer.

Gabriela ajouta, une fois que le couple se fut éloigné.

« J'aimerais me doucher, Jorik. S'il te plaît. »

10

J orik

Jori dormait profondément, couché sur une couverture repliée en guise de coussin, posée à même le sol de la salle de bain. Il était juste devant moi mais je n'avais d'yeux que pour Gabriela. Je l'aidai à se déshabiller, laissai tomber les vêtements jusqu'à ce qu'elle soit entièrement nue.

« Jorik, » chuchota-t-elle, en couvrant sa nudité de ses bras.

Je pris et écartai ses poignets pour la contempler à ma guise. Je n'avais pas vraiment eu l'occasion d'admirer son corps sublime chez elle, nous étions tous les deux trop pressés pour prendre notre temps.

Mais j'avais désormais tout mon temps. J'avais toute la vie pour découvrir son corps, centimètre par centimètre.

Je salivais à l'idée de la goûter dans ses moindres recoins.

Je lui parlai de mes plans, son regard méfiant se fit chaleureux.

« La douche d'abord, tu me goûteras ensuite. »

Je me souvins qu'elle venait à peine d'arriver sur la Colonie, qu'elle n'avait jamais quitté la Terre, ouvris le robinet de la baignoire et l'aidai à entrer. Nous ne pouvions pas y aller à deux, je regardais sa peau mate toute luisante d'eau, les bulles de savon glissaient sur son corps. J'aurais voulu être ses mains. Et lorsqu'elle pencha la tête en arrière pour laver ses longs cheveux...

« Dépêche-toi, ma chérie, » grommelai-je. Ma bête, désormais rassurée quant à la présence de Gabriela, rôdait, impatiente de la posséder.

L'eau glissait sur ses cheveux noirs telle une cascade secrète. J'avais toujours aimé ses cheveux qui semblaient désormais plus épais, plus brillants. Ses seins étaient plus volumineux et pleins, lourds, pour allaiter mon fils. Son ventre et ses fesses étaient plus arrondis, plus plantureux, je ne pus empêcher ma bête de toucher le jet d'eau et de placer ma grosse main sur ce ventre qui avait porté mon enfant.

J'avais manqué sa grossesse et sa naissance, je n'avais pas vu notre enfant grandir, pas assisté à l'accouchement, à son premier souffle. Son corps était une machine miraculeuse. J'avais été intégré, partiellement du moins, par la Ruche, mais ils ne seraient jamais capables de faire ce que Gabriela avait accompli.

Elle m'avait offert un cadeau inestimable, je tremblais de désir, je voulais m'enfoncer dans sa douceur, sentir son corps chaud et tendre accueillir le mien. J'étais plus robuste, plus musclé, désormais équipé de la technologie contaminée de la Ruche. Mes muscles n'étaient plus constitués de simples cellules et de sang, mais dotés d'une technologie microscopique que je ne pourrais jamais retirer.

« Jorik. » Gabriela savourait ma caresse, prit mes mains dans les siennes. « Pardonne-moi. J'ai beaucoup changé... »

Je l'interrompis, je ne voulais pas l'entendre s'excuser d'être belle, d'avoir porté mon fils.

« Tu es un don du ciel ma chérie. Et tu es belle. Encore plus belle qu'auparavant. Tes courbes, tes marques me sont précieuses. Je ne suis plus le même. Nous avons traversé de nombreuses épreuves durant notre séparation. Nous sommes différents, mais nous nous connaissons.

Je la fis sortir de la douche et coupai l'eau, sans me préoccuper qu'elle soit propre ou pas. J'avais suffisamment attendu. Je l'avais regardée toucher chaque centimètre de son corps de façon satisfaisante. Maintenant, je caresserais chaque centimètre de son corps avec désir. Envie. Adoration.

Avant, sur Terre, j'avais eu besoin d'elle. Ma bête l'avait réclamée pour elle toute seule. J'étais aux anges avec mon fils posé derrière moi et sa mère dans mes bras. Elle m'avait apporté plus que de l'amour, plus que de la paix. Elle m'avait donné une raison de me battre. Une raison de vivre.

Elle s'était entichée d'un homme au désespoir et m'avait redonné espoir. Elle incarnait la clé de ma survie, de mon dynamisme, de mon combat, de mon *rêve* pendant que la Ruche me torturait. Pas en vain, puisque j'étais enfin auprès d'elle.

Le terme amour était un euphémisme eu égard au sentiment qui étreignait mon cœur et mon corps, je tombai à genoux, la douleur trop intense m'empêchait de rester debout alors que je l'enveloppais dans une serviette. Les jours et mois de torture, la rage et la terreur éprouvées alors que j'étais aux mains de la Ruche, déferlèrent sur moi alors que je m'agenouillais devant elle. Un exutoire. La douleur me vrillait les sangs, mentalement et physiquement, tel un raz-de-marée destructeur uniquement retenu par ma seule volonté. L'instinct destructeur qui s'était matérialisé dans l'arène alors que ma bête était à cran cédait désormais la place à une angoisse menaçant de me terrasser.

Comme je m'y attendais, Gabriela se tenait devant moi telle une divinité, elle passa ses bras autour de moi et se colla contre moi tandis que je relâchais enfin la pression.

Je me mis à pleurer, moi qui ne pleurais jamais. Pas depuis que j'étais enfant, dans les jupes de ma mère. J'avais besoin de ma femme, et ma bête plus encore.

La métamorphose s'opéra brutalement et rapidement, je n'essayais même pas de lutter. Ma bête était marquée à vie, brisée, elle avait subi un choc énorme suite aux expériences de la Ruche dans leurs unités d'intégration. Elle avait tout enduré. Elle s'était déchaînée. J'étais resté en vie et sain d'esprit.

Et elle avait souffert.

Le réconfort de Gabriela n'était pas pour moi mais lui était destiné, je la laissais s'en imprégner, laissais notre femme nous guérir, alors que nous craquions devant la seule personne de l'univers à qui nous pouvions nous livrer complètement, sans crainte d'être jugés.

« Femme, » prononça ma bête pendant que je grandissais. Mes bras se resserrèrent autour de sa taille, la tête de ma bête se lova dans son cou accueillant. Ma bête frémit alors que des larmes silencieuses coulaient à flot sur sa peau douce et trempaient sa serviette.

Gabriela posa sa main sur ma – notre – tête et caressa la bête, la cajola comme une créature précieuse et affectueuse, non pas comme un monstre redoutable. Sa caresse m'apaisait, sa voix, à peine un murmure, me calmait. Nous restâmes agenouillés devant elle pendant ce qui me parut des heures et donnâmes libre court à notre douleur, enveloppés dans sa douceur et son odeur, alors qu'elle accueillait nos êtres brisés. Nous lui permettions de nous guérir d'une manière que je n'aurais jamais crue possible.

Puis, mon fils attira l'attention de sa mère, s'agita avant de laisser échapper un cri qui emplit ma bête de fierté. Mais cette bête n'était pas prête à lâcher Gabriela, elle n'avait pas encore fait la connaissance de son fils.

Je me retournai, pris le petit garçon dans mes bras, me relevai et le portai ainsi que sa mère dans l'autre pièce. Je les installai sur mes genoux afin de pouvoir contempler mon fils en train de téter, ma bête se frotta contre la joue de Gabriela.

« Allaite-le. »

« Quoi ? » Elle me regarda étonnée, je vis pour la première fois des larmes dans ses yeux. Elle avait pleuré avec moi. Elle souffrait avec moi. Elle partageait ma douleur.

« Plus jamais triste. Allaiter Jori. Je regarde. » Ma bête s'efforçait d'être éloquente, elle voulait regarder son fils téter le sein de sa mère, elle voulait les prendre tous les deux dans ses bras, les protéger. Admirer le bébé parfait qu'elle avait contribué à créer, la chair de sa chair. Je la comprenais. Je voulais moi aussi contempler ce moment d'intimité si différent des autres. Je n'avais ressenti ce sentiment de fierté et de satisfaction qu'avec ma femme et mon fils dans mes bras – les bras de ma bête.

« Nourrir. Je regarde. »

Gabriela essuya ses larmes et sourit timidement.

« Ok. Ça n'a rien d'excitant. »

Je n'étais pas d'accord.

« Magnifique. »

Elle fit ce que je lui avais demandé, Jori s'accrocha immédiatement à son sein comme si sa vie en dépendait. Je suppose que c'était le cas. Je me contorsionnais. Je ne voulais rien rater. Ni les petits bruits de Jori, ni le regard de ma femme contemplant notre fils.

Un amour pur et authentique.

Son regard ne changea pas quand elle croisa le regard de ma bête, son instinct protecteur se mua en désir le temps d'un battement de cœur, ma bite entra en érection tout contre ses fesses accueillantes posées sur mes genoux.

« Femme. »

« Jorik. » Elle se pencha en arrière, le bébé toujours au sein alors que je regardais ma descendance. Le petit Jori avait les yeux grands ouverts, hébété lorsqu'elle l'installa sur son épaule et lui tapota le dos, puis le plaça de l'autre côté pour la suite de la tétée. Je n'étais pas pressé de mettre fin à ce bonheur, mais je rêvais du moment où le petit Jori serait dans son berceau et sa mère enfin à moi.

Rien qu'à moi.

Quelques minutes plus tard, ma verge pulsait, la bête ne comptait pas me laisser reprendre la situation en main. C'était son heure, son tour. Elle voulait baiser notre femme, la pénétrer de sa bite, qu'elle supplie, se contorsionne et hurle. Je ne craignais désormais plus pour sa santé. Le caisson ReGen avait prouvé son efficacité. Elle n'était plus pâle et cernée. L'horrible cicatrice avait disparu. Les douleurs et le malaise avaient disparu. Seule demeurait une femme pétillante de santé.

Ma bête voulait nous passer les bracelets de mariage afin qu'elle nous appartienne pour de bon mais ils n'arriveraient que demain. Je les avais commandés sur Atlan pendant qu'elle dormait dans le caisson. Je ne voulais pas perdre de temps mais ma bête était prête à attendre, rassurée quant au fait qu'elle nous appartenait. Notre femme. Notre moitié. Notre fils.

Elle se leva et se dirigea vers le petit berceau dans la pièce voisine, je la vis se pencher et coucher Jori par la porte entrouverte. La serviette dans laquelle je l'avais enveloppée et qui lui tombait sur les hanches ne tarderait pas à tomber.

Elle revint dans notre chambre, laissa la porte ouverte pour que nous puissions entendre Jori s'il se mettait à pleurer.

Elle était torse nu, les seins lourds, les tétons rougis et dressés suite à la tétée. J'en avais envie. De tout. Ma bête était d'accord.

« A moi. » Je me déshabillai, prêt et impatient.

Elle s'arrêta sur le pas de la porte et me contempla à loisir.

« Tu... tu n'as pas d'intégrations. »

Ma bête la quitta du regard et me contempla.

« A l'intérieur. » Trois petits mots. Je lui en parlerais plus en détails ultérieurement. Ma bête avait autre chose en tête pour le moment.

Elle parut satisfaite de ma réponse, inutile de perdre davantage de temps.

La bête se déplaça si vite qu'elle poussa une exclamation de surprise, je la soulevai et la plaquai au mur de la chambre. Sa serviette tomba au sol, elle était entièrement nue. Je n'avais pas de bracelets mais les courroies atlannes habituelles préférées de ma bête. Un bête ne baisait pas couchée, la position la rendait trop vulnérable aux attaques. C'était un instinct de survie. Et nos femmes s'étaient adaptées. Une bête aux commandes n'était pas tendre.

Elle dévorait. Prenait possession. Réclamait son dû.

« Oh mon Dieu, c'est quoi ce truc ? » Le rire nerveux de Gabriela stoppa ma bête, mais pas longtemps, elle enserra ses poignets, replia et écarta ses cuisses en grand contre le mur, sa chatte parfaite bien en vue pour le festin. Les sangles autour de ses cuisses étaient bien rembourrées et assez grandes pour entraver une femme atlanne. Elles maintenaient sans problème son poids plume d'humaine toute légère, donnant ainsi libre accès à ma bête. Pour explorer. Goûter.

« Stop ? » Ma bête arrêterait à sa demande mais je priai

pour que ce soit le contraire. Elle ne tenait plus en place, sa douleur de tout à l'heure désormais remplacée par une soif de plaisir.

« Ne t'arrête pas, » susurra-t-elle. « Ne t'arrête jamais. »

Je m'agenouillai et suçai son clitoris, je me régalais. Elle ondula des hanches pour se rapprocher.

« Oh, mon Dieu. Encore. »

J'obéis en grondant, ouvris son intimité d'une main, la baisais avec mes doigts tout en lui faisant un cunnilingus, je dévorais sa chaleur humide désormais mienne, à moi et moi seul. Ma bête hurlait de bonheur, je savais que nous n'oublierions jamais sa saveur, son parfum.

« A moi. »

« Oui. » Elle avait compris que ma bête avait besoin de l'entendre prononcer ces mots, de l'entendre capituler.

Je me souvins de la façon dont elle s'était contractée de plaisir, comment elle avait joui la seule fois où je l'avais possédée sur Terre, j'introduisis le bout d'un doigt dans son cul et la doigtais.

« Jorik ! » elle cria devant mon geste intime qui n'avait rien de honteux. Je ferais selon son désir. Mon rôle consistait à donner du plaisir à cette femme, ma bête ferait en sorte que même les dieux s'inclineraient devant le pouvoir que j'exerçais sur son corps.

———

Gabriela

OH MON DIEU. J'allais mourir de plaisir.

Mes cuisses grandes ouvertes, lui agenouillé devant mon sexe bien en vue, sa bouche avide me bouffait comme si j'étais son dessert préféré. Je n'avais jamais été entravée, jamais écartelée de la sorte, jamais totalement à la merci d'un homme – d'un extraterrestre.

Et la salope goulue en moi en demandait toujours plus. Je ne pouvais pas bouger – ça m'excitait. Ma vie était entre les mains de Jorik, je savais qu'il arrêterait si je le lui demandais. Je me sentais en sécurité. Aimée. Je perdais la raison.

J'étais timorée avant la naissance de Jori, mais ma timidité naturelle s'était dissipée après ce que j'avais vécu. Mais avec Jorik, l'homme de ma vie ? Son regard ne mentait pas. Il avait envie de moi. Il n'aimait pas seulement ce qu'il voyait, il *voulait* me toucher. M'embrasser. Me faire jouir. Une caresse délibérée et dominatrice, comme s'il savait exactement ce qu'il voulait.

Moi.

Un plan hyper torride. Je n'avais jamais été aussi désinhibée, cette découverte mettait mon organisme en ébullition.

J'étais bluffée par le caisson ReGen qui avait complètement résorbé la cicatrice de ma césarienne, m'avait débarrassée de l'inconfort provoqué par l'accouchement. Je me sentais régénérée. J'avais bien sûr encore quelques kilos en trop mais Jorik semblait apprécier. J'avais dû tirer un trait sur tous mes complexes puisque d'après lui, je n'avais aucune raison d'en avoir. J'avais dû donner raison à Jorik, ce qui me convenait parfaitement.

Je ne voulais pas tout régenter. Je voulais appartenir à Jorik.

Je m'étais donnée à lui lorsqu'il avait écarté ma vulve de ses doigts et sucé mon clitoris, m'avait léchée, mon corps exultait devant son grognement de satisfaction qui m'amenait au septième ciel, les spasmes de l'orgasme parcouraient mon corps.

Mon corps entravé s'agitait. J'avais envie de le toucher. Le chevaucher. L'embrasser.

« Jorik ! » je le suppliai sans vraiment savoir ce que je voulais. Ce dont j'avais besoin. De lui. Lui et lui seul. J'en avais crevé d'envie durant ces longs mois de séparation. Son odeur, ses sensations, son abandon total à la moindre caresse. Il m'avait tellement manqué.

« Encore. » Ma chatte se contractait au rythme de la voix grave de sa bête alors qu'il introduisait un second doigt dans ma chatte parcourue de spasmes, me baisait un peu plus ardemment, m'écartait en grand, tout en m'embrassant alors que j'essayais de reprendre mon souffle. Il déposa un baiser tout doux sur mes mamelons avant de me lécher et me mordiller jusqu'au cou. Sur mes lèvres.

Il s'arrêta. Net. J'ouvris les yeux et contemplai la bête droit dans les yeux, l'homme que j'aimais s'y terrait certes profondément mais était bel et bien là. Jorik *dans toute sa splendeur*. Le seul et l'unique. Il attendait. Mais quoi ? Ma permission ? Ma soumission ?

Ses doigts s'insinuaient et sortaient de ma chatte, la bête attendait quelque chose tandis que nous nous regardions droit dans les yeux.

« Embrasse-moi. Baise-moi. Vas-y. J'ai envie de toi. De vous deux. » Je faisais en sorte de m'exprimer clairement, de ne pas ciller en faisant ma demande. « Tu es à moi, Jorik. A moi. »

Le sourire prédateur de sa bête fit se contracter ma chatte sur ses doigts. Violemment.

« Oh, mon Dieu. » J'allais jouir de nouveau.

« Pas Dieu. Jorik. » Il pressa son pouce contre mon clitoris et effectua des cercles. Je jouis en hurlant.

Ma chatte parcourue de spasmes se dilatait lentement sous l'effet de son membre énorme.

Il était immense. Vraiment gigantesque, je poussai un cri de choc et de douleur tandis qu'il me pénétrait. Il me dilatait. Il me possédait.

Il était trop gros. Vraiment trop gros. Ma chatte trop étroite, trop gonflée, trop sensi...

« Ahhhh ! » je jouis de nouveau, l'orgasme me déchira tel l'éclair d'une décharge électrique. Sans signe avant-coureur. Sans le moindre avertissement. De son seul fait. J'ondulais sur sa verge, dégoulinais et lui facilitais le passage.

« Jorik. » Sa bête gémit alors que ma chatte l'enserrait, il me pompait à fond, aller-retour, lentement, accéléra l'allure et me posséda complètement.

« A moi. »

« Oh mon Dieu. »

Il m'immobilisa et fronça les sourcils. Une expression des plus adorables chez une bête.

« Pas Dieu. Jorik. Compagnon. »

« Oui, mon amour. Jorik. » Je l'aimais. Bon sang, je l'aimais. J'aimais son fils. J'aimais sa queue. Je me sentais belle à ses côtés. J'aimais être à sa merci, me savoir belle, désirable. Parfaite.

« Compagnon. »

Cette parole l'apaisa et il me baisa avec application, mon dos glissait sur le mur sous l'effet de ses violents coups de rein. J'étais à sa merci, enchaînée au mur, et je ne voulais pas que ça s'arrête. J'étais piégée, et ma bête intérieure, si tant est qu'elle existe, hurlait. Je n'irais nulle part. Je ne pouvais pas. Personne ne me prendrait Jorik.

Son odeur m'enveloppait. Sa chaleur. Sa puissance. Il était fort, tellement fort. Et il était à moi.

Je me lâchais enfin, les larmes coulaient sur mon visage. J'abandonnais les derniers vestiges de mon cœur blessé, ce cœur qui avait vécu dans la peur, ce cœur qui s'était brisé quand je l'avais cru mort, ce cœur qui tuerait pour protéger notre fils. Je le lui donnais, chaque infime et minuscule morceau, et mon corps avec.

Je jouis à nouveau en sanglotant, je ne maîtrisais plus

rien. Il ne me restait plus rien. J'avais été brisée et recons-
truite, ça faisait mal. Hyper mal, mais je ne pouvais pas
m'arrêter. C'était impossible. J'étais saine et sauve, ici, sur
une étrange planète, avec lui. Peu importe le lieu tant que
nous étions ensemble, lui, notre enfant et moi.

Il cria, un rugissement profond résonna dans notre
petite chambre alors qu'il m'inondait de sperme. Il impri-
mait sa marque. Il me possédait.

Encore.

Mais cette fois, il n'y avait pas de vol à main armée, pas
de Ruche, pas de guerre. Pas de lois. Rien que nous. Jori et
nous.

La bête retira mes liens et me porta sur le lit après que
nous eûmes repris notre souffle. Il me prit dans ses bras sans
chercher à connaître le pourquoi de mes larmes, ce dont je
lui étais reconnaissante. Je n'aurais pas été en mesure de le
lui expliquer de toute façon.

Aimer quelqu'un à ce point était extrêmement douloureux.
Mais je ne pouvais pas faire machine arrière. Je m'y refusais.

abriela, le lendemain

LES ATLANS ÉTAIENT FORMIDABLES. Immenses. Dominateurs. Leur regard intense avait de quoi ficher la trouille. Ils me fichaient vraiment la frousse, mais de façon positive. Enfin, pas tous. Un Atlan en particulier. Et quand il ôtait mon pantalon... il était encore plus dominateur, énorme partout, aux endroits stratégiques. Mes deux hommes m'avaient empêchée de dormir toute la nuit, j'aurais dû être épuisée.

Jori n'avait pas souffert des effets indésirables liés au transport, il était constamment affamé et avide de câlins, de jour comme de nuit. Idem pour son père. Jorik avait constamment faim... de moi, j'avais passé la nuit dans ses bras. Je m'étais réveillée sur lui ce matin, la tête au creux de son épaule. Je ne me souvenais pas être montée sur lui, ou si Jorik m'avait installée là, mais dormir à ses côtés n'était visiblement pas assez près à son goût.

Je n'avais jamais dormi avec Jorik. Nous n'avions passé que quelques heures ensemble en définitive. J'aurais dû me sentir gênée dans un lit avec un homme aussi grand... bon sang, avec quelqu'un tout court, et pourtant. J'avais dormi comme une souche malgré ma séance de régénération en caisson. Pour la première fois depuis des mois, un an peut-être, je ne me sentais pas triste. Ni seule.

Mon corps était comme courbaturé. Des muscles dont je ne soupçonnais pas l'existence me

faisaient mal. Ce n'était pas comme si j'avais déjà été attachée à un mur et baisé jusqu'à l'os. Je devais avouer que ma chatte un peu sensible me faisait légèrement mal après notre partie de jambes en l'air. Mais je m'en fichais. J'avais le sourire. Ce qui voulait dire que Jorik m'avait possédée à loisir. Que nous ne faisions qu'un.

Bon sang, j'étais *carrément* addict.

Après m'être douchée dans sa drôle de baignoire – bon sang, son séchoir avait séché mes cheveux à grande vitesse – et avoir nourri Jori, il m'avait offert une robe sortie comme par miracle d'une machine contre le mur. Une matière fluide et douce, d'un joli bleu. Une robe atlanne tradition-nelle, avait-il dit, il était ravi que je la porte à en juger par son expression.

Si content qu'il essayât de l'enlever. Je résistai, pour la forme, nous ne quitterions jamais son appartement le cas échéant, il s'agenouilla alors devant moi, souleva ma robe longue et posa sa bouche sur moi. Dire qu'il était particuliè-rement doué avec sa langue... mon Dieu, le seul fait d'y penser m'excitait. Résister et refuser ? Quelle femme saine d'esprit refuserait qu'un bel Atlan lui broute le minou ?

Pas moi.

Après cette session – il essuya sa bouche luisante de ma mouille, preuve flagrante de mon orgasme – il nous emmena prendre le petit-déjeuner dans la partie restaurant, une sorte de cafétéria. Nous franchîmes les portes coulis-santes silencieuses de la cafétéria, mon estomac gargouilla devant l'odeur de cette nourriture mystérieuse. Une grande salle comptant une trentaine de tables, bien que je ne voie pas de cuisine. Tout un pan de mur était vitré... ou semblable à du verre, le premier vrai aperçu que j'avais de la planète. *J'étais* dans l'espace.

Il n'y avait pas de ciel bleu, pas de nuages. Cela ressem-blait un peu à l'idée que je me faisais de Mars, des roches rouges et stériles, des plantes aux couleurs étranges qui s'ac-crochaient désespérément à la vie mais surtout ? Les étoiles. L'espace infini. Stérile. Un gouffre. J'étais soudainement très reconnaissante qu'il y ait ce dôme au-dessus de nos têtes, pour nous protéger et assurer notre sécurité. Le paysage était étrangement beau, mais ici pas de zones irriguées, ni de plage.

Jori poussa un petit cri et je m'empressai de le rejoindre, lui et Jorik. Je souris en voyant Jori mettre sa main dans sa bouche et sucer. La seule fois où je l'avais pris dans les bras depuis notre arrivée sur la planète était pour lui donner le sein. Sinon, il dormait dans la version spatiale d'un berceau dans une petite pièce près du lit de Jorik – il voulait que notre fils soit à proximité – ou dans ses bras. Comme maintenant. Il ne me laissait pas le prendre et je ne l'empêchais pas de se faire plaisir. J'étais heureuse de le voir faire. Une grosse bête qui fondait devant un nouveau-né de six kilos.

Nous fûmes assaillis aussitôt. Des guerriers aux yeux ou bras de cyborgs, comme dans un film d'horreur de science-fiction s'approchaient de nous, leurs regards s'attendrirent en voyant Jori. Je me demandais ce qu'ils avaient vécu et je m'interrogeais de nouveau sur la réponse de Jorik lorsque je lui avais posé la question. *A l'intérieur.* Je n'avais aucune idée de ce qu'ils lui avaient fait subir, et je doutais qu'il me raconte tout. Mais inutile de lui faire revivre cette horreur. Pas de mon fait.

Je ne lui demanderais rien. Mais les autres Atlans et lui étaient différents. Ils n'avaient pas l'air de robots et n'arboraient pas de caractéristiques mécaniques évidentes comme les autres. C'était presque pire.

La Gardienne Egara m'avait rapidement briefée à propos de la Colonie, ceux capturés par la Ruche, et donc intégrés, vivaient ici. A l'origine, tous étaient bannis et forcés de vivre sur la Colonie pour toujours, mais d'après ses dires, les temps avaient changé et ils pouvaient retourner sur leur planète d'origine, même si la plupart restaient ici.

Jorik était ici et je me demandais s'il voudrait retourner sur Atlan. Resterions-nous ici sur la Colonie ou irait-on ailleurs ? Je m'en fichais tant que nous étions ensemble.

Un grand gaillard, un Atlan je présume, agita une main de cyborg et fit des petits bruits pour amuser Jori. Pas vraiment approprié, mais adorable. Jorik grogna d'un air réprobateur et recula.

Ils avaient traversé tant de choses et s'émerveillaient pourtant de choses simples. Un bébé était innocent, ignorait la Ruche, la mort, la destruction. Jori était absolument parfait et sans aucuns préjugés. Si nous restions ici, il grandirait en se familiarisant avec les intégrations de la Ruche, il n'y penserait même pas. Pour lui, tous ces hommes seraient *normaux*.

« Je n'ai jamais vu Jorik comme ça, » chuchota Rachel en s'approchant de moi. « Vous l'avez ensorcelé. »

« C'est à cause du bébé, » répondis-je. Ce n'était pas *moi* qu'il montrait. J'étais à l'écart. C'était idiot, il savait exactement où j'étais, nul doute que Jorik rappliquerait dare-dare si j'éternuais, il irait peut-être jusqu'à me traîner jusqu'au caisson ReGen.

Je croyais Jorik protecteur avec moi, je me trompais. C'était poussé à l'extrême avec Jori.

Nous regardions mon mari au centre de la pièce, fier comme Artaban, arborer son petit garçon. Il allongeait le bras pour éloigner ceux qui approchaient trop près. Quand quelqu'un demandait à tenir Jori, il répondait *non* d'un ton grave et menaçant qui me faisait rire.

Jori avait l'air si petit niché au creux de son coude, il agitait ses petits bras et jambes dans la petite tenue que Rachel et Maxim nous avaient offert avec les autres articles pour bébé. Du même bleu pâle que ma robe, on aurait dit une grenouillère comme il en existait sur Terre, sauf qu'il n'y avait pas de fermeture éclair. Jori regardait tout le monde mais je doutais qu'il voit grand-chose.

« Il est tout content, » ajoutai-je.

« Mmm, oui. Ces mecs sont dominateurs au possible. Mes époux sont des Prillons. J'en ai deux, » dit-elle en tripotant son collier couleur cuivre. « Mais Jorik pousse le bouchon. » Elle fit la moue. « Je ne tiendrai jamais votre bébé dans mes bras à ce rythme. »

« Certainement que moi non plus, s'il n'avait pas besoin de moi pour l'allaiter. » Je rigolais, ravie que Jorik prenne son rôle de père à cœur. « Vous avez un enfant ? »

Elle soupira.

« Oui, mais ce n'est plus vraiment un *bébé*. Je m'en souviens encore, deux mecs qui essayaient de me mettre enceinte. » Elle soupira de nouveau. « Je ne pouvais rien faire quand j'étais enceinte. Ils étaient aux petits soins, inquiets au moindre bruit, un pet par exemple, que Dieu me pardonne. Si vous les aviez vus à l'accouchement. » Elle s'arrêta, me regarda les yeux écarquillés. « Oh, Gabriela, je suis sincèrement désolée ! Je suis égoïste, je me plains des attentions et des preuves d'amour de mes maris alors que cela vous a tant manqué avec Jorik. Et dire que vous avez passé cette épreuve toute seule. »

Je pensais à combien ça avait été dur, la solitude. La tristesse. Mais voir Jori pour la première fois... avait été incroyable. Il avait pris toute la place dans mon cœur.

« Tout va bien. J'avais des médicaments. »

Elle rit, visiblement soulagée de ne pas m'avoir fait de peine. Je ne lui en voulais pas. Je ne pouvais pas comparer mon histoire et la sienne. Nul doute qu'avoir deux maris n'était pas chose facile.

Nous regardâmes Jorik installer Jori sur son autre bras, avant de me jeter un regard. Je souris.

« Je suis étonnée qu'il vous ait laissée sortir de votre appartement. Après tous ces mois d'absence, je pensais qu'il ne vous aurait même pas permis de vous habiller. » Elle me regarda. « Jolie robe, au fait. »

Jorik marmonna un autre 'non' et un Prillon déçu retourna s'asseoir.

« Merci, » répondis-je en lissant le tissu doux. « Un caisson ReGen équivaut à une délicieuse journée au spa. Ajoutez des orgasmes à foison par un bel Atlan et me voici comblée. »

Rachel acquiesça et je souris.

« Venez, je vais faire les présentations puisqu'on ne peut approcher de ce beau bébé. »

« Pas trop loin. Jorik va paniquer s'il ne me voit pas. »

Rachel me prit le bras en souriant.

Nous fîmes le tour de la pièce en commençant par Ryston son deuxième mari, un homme immense au visage émacié, semblable à un faucon, cheveux blond clair et yeux de miel. Un bout de sa tempe et de son œil gauche étaient couleur argent. Une teinte métallique. Jorik n'avait aucun signe visible de son passage aux mains de la Ruche, la plupart des guerriers n'en étaient pas sortis indemnes.

Les maris de Rachel avaient tous deux des souvenirs bien visibles de leurs tortures. Le bras de Maxim était presque entièrement argenté, mais je ne voyais que la main et le poignet sortir de sa chemise à manches longues. Un étrange faisceau bleu argenté partait de la tempe de Ryston pour former une toile étrange sur sa peau, recouvrant tout le côté gauche de son visage. Les yeux de Denzel, un humain, étaient complètement argentés, mais sa femme humaine, Melody, se collait contre lui, visiblement amoureuse de son mec. Chaque guerrier ici était différent, mais ils avaient tous le même regard hanté, un regard qui s'effaçait devant mon immense mari et son petit garçon.

Nous rejoignîmes les Atlans en dernier, Rachel me présenta un Atlan dénommé Kai assis avec deux autres. Kai était blond et séduisant, un vrai dieu du surf, les cheveux des deux autres, Wulf et Egon, étaient plus foncés. Ils avaient tous l'air tout à fait humains, sauf qu'ils mesuraient presque deux mètres et deviendraient encore plus grands lorsqu'ils se métamorphoseraient en bêtes. Sans compter d'autres Atlans, l'un d'entre eux, que Rachel me présenta comme étant Braun, était assis avec Rezzer et Caroline, qui se faisait appeler CJ, et leurs jumeaux. Braun, me dit-elle, essayait de réprimer sa fièvre d'accouplement, ce besoin de prendre une femme sous peine de perdre la maîtrise de sa bête.

Rester avec les jumeaux l'aidait vraisemblablement à apaiser et contenter sa bête. Le garçon s'appelait RJ pour Rezzer Junior. Histoire de compliquer les choses, la fille s'appelait aussi CJ, pour Caroline Junior. Bien qu'ils s'appellent tous les deux pareil, les distinguer n'était pas trop compliqué, ils portaient encore des couches et parlaient tout juste. Les deux enfants peinaient à tenir sur leurs petites jambes. Rachel m'avait dit qu'ils n'avaient pas tout à fait un an, j'étais ravie d'apprendre que Jori pourrait s'amuser avec des camarades de jeu en grandissant.

Mon sourire était quelque peu forcé lorsque je réalisais que la Gardienne Egara avait dit vrai à propos des Atlans. Comparés aux Prillons et d'autres races, les Atlans sortaient du lot. Grands. Brutaux.

Seuls.

Comme le Seigneur de Guerre Tane, un autre Atlan que m'avait présenté Rachel. Il se tenait de côté, armé jusqu'aux dents alors que d'autres s'approchaient pour lui parler. Ils portaient des armes, des armures et des uniformes assortis, je me demandais s'ils étaient en mission, et si oui, laquelle.

Le Seigneur de Guerre Wulf s'aperçut de mon intérêt soudain.

« Ils rentrent de la chasse. »

« La chasse, où ça ? » Et que chassaient-ils exactement ? Le dôme nous maintenait sous cloche, nous respirions de l'air. On m'avait prévenue de ne pas sortir sans protection adéquate. L'atmosphère était toxique.

« Dans les mines. » Wulf et mon mari employaient le même vocabulaire. Pitoyable. Je ne comptais pas me contenter de trois petits mots. Les Atlans étaient intelligents. Seules leurs réponses étaient inoffensives.

« Et ils chassent quoi, exactement, dans les mines ? Des serpents ? Des scorpions ? Des chiens des enfers ? » J'étais sûre qu'ils ne chassaient rien de tel mais je voulais une réponse. Je lui arracherais sa réponse si nécessaire.

« La Ruche. »

Oh. Merde. Je restai bouche bée en regardant par la grande fenêtre, puis jetai un regard à Jori. Jorik s'était posté à côté de nous, j'étais heureuse.

« Ils sont là ? »

« Plus maintenant. »

Ça faisait du bien. Enfin presque. Je n'avais jamais

imaginé que la Ruche puisse être ici. Sur cette planète. Je me sentis pâlir, frissonner.

Wulf se leva et les autres Atlans suivirent son exemple, firent cercle autour de moi. Et Jorik. Et Jori.

Braun quitta son siège – se débarrassa du jumeau turbulent qui grimpait sur son dos – pour nous rejoindre avec Rezzer. Tane quitta son poste près de la porte et s'approcha.

J'étais entourée d'extraterrestres – tous me dépassaient d'un mètre.

« Vous êtes en sécurité ici, Gabriela, femme de Jorik. Nous mourrons pour vous protéger, vous ou votre fils. Comme tout guerrier sur cette planète. »

Waouh. Ok. Qu'est-ce que j'étais censée répondre à ça ? Ils me regardaient tous fixement, droit dans les yeux. Intense, le mot était faible.

« Humm, merci. »

Rezzer et Braun grognèrent et hochèrent la tête en guise d'approbation, avant de nous laisser pour retrouver les jumeaux qui s'étaient enfuis quelque part, bien qu'ils ne paraissent pas inquiets. L'endroit était sûr et les enfants ne se blesseraient probablement pas, à moins de courir avec des couteaux ou jouer avec une prise de courant extraterrestre. C'était rassurant de savoir que ce genre de liberté existait.

Tane rejoignit l'équipe de chasseurs, Jorik me réserva une place à table entre lui et Kai. Wulf s'assit face à moi, je compris qu'il était leur chef à la façon dont les autres lui répondaient. Même Rezzer et Braun le traitaient avec respect.

Les quatre hommes assis avec moi étaient les seuls ne portant pas de signes distinctifs. Aucun éclat argenté. Pas de prothèses ou d'yeux argentés. Ils avaient l'air tout à fait normaux, pour des extraterrestres.

CJ revint et déposa une assiette de lasagnes fumantes devant moi. De la mozzarella fondue. De la sauce tomate fraîche. Je salivai illico.

« Des lasagnes au petit-déjeuner ? »

Elle sourit.

« Je peux vous trouver des vers extraterrestres ou autre si vous préférez. »

J'avais envie de rire. J'adorais les lasagnes. En plus, c'était l'heure de dîner quelque part sur Terre.

« Il est vingt heures quelque part. Merci ! »

Son sourire était contagieux, je pris la première bouchée en souriant alors qu'elle poursuivait :

« On peut avoir presque toute la nourriture terrienne grâce à la machine S-Gen puisque l'une d'entre nous a épousé le Prime Nial. C'est génial. »

Je ris, toute contente de savoir que je n'aurais pas à manger de légumes violets ou de viande bizarre.

« Même de la glace ? » Sweet Treats me manquait, double fudge au cookie, caramel beurre salé et noix de pécan, le...

« Oui, et du chocolat. »

« Merci mon Dieu. » J'étais réellement soulagée. Et affamée. Jorik m'avait épuisée, entre ses attentions et Jori, je passais des délices de notre intimité à la *faim* ultime en cinq minutes top chrono.

« Ne remercie pas ton dieu, ma chérie. Qu'est-ce que je t'ai dit à ce sujet ? » Jorik haussa les sourcils et caressa le dos de Jori. Cet homme était un super papa et un dieu du sexe, un vrai mystère.

« Tu te souviens de toutes ces fois où tu m'as offert de la glace ? » murmura-t-il à mon oreille.

J'acquiesçai.

« A chaque fois, je t'imaginais la servir non pas dans un cône, mais fondue sur ton corps. J'avais envie de lécher le goût 'fraise' sur tes tétons, je me demandais s'ils seraient du même rose vif. »

Je savais que mes joues étaient de la même couleur devant ses paroles coquines.

« Et plus bas, je me demandais si tu avais le même goût sucré. Maintenant je sais. »

Je déglutis péniblement, me tortillai sous l'effet de l'excitation. Je ne le regardais même pas, je n'osais pas, faute de quoi je lui aurais probablement sauté dessus, ici même à la cafétéria. Au lieu de cela, je dévorais les lasagnes, les meilleures que j'aie jamais mangées. Et le thé au gingembre, je n'étais plus enceinte mais j'avais encore des envies. Jorik fit de même pendant que je mangeais, il me souriait de temps en temps, laissant augurer une bonne séance de *léchage*. Il veillait à ce que Jori soit en sécurité, protégé et au chaud. Mon fils dormait comme un loir aux bras de son père, mon cœur fondit une fois de plus. Mes larmes menaçaient et je dus détourner le regard sous peine de me retrouver gênée devant les amis de Jorik.

Je pris le temps de regarder autour de moi au lieu de regarder mes hommes. Le bébé n'était plus au centre de l'attention mais de nombreux guerriers étaient encore rassemblés. Des Vikens. Un chasseur everian a l'air totalement humain, jusqu'à ce qu'il bouge. On aurait dit un film de vampires où les méchants survolent pratiquement le sol et se déplacent trop vite pour être tout à fait normaux. J'aurais dû être effrayée, si ce n'est un adorable petit garçon d'environ six ans, qui s'approcha de moi, regarda Jori, embrassa le bébé sur la tête et repartit sans un mot.

Jorik eut l'air content et fit un signe de tête à l'Everian, qui lui rendit la pareille.

« C'est un Chasseur, Kiel d'Everis. Et son fils, Wyatt. »

« Un gentil garçon, » dis-je, surprise que Jorik ait laissé le petit garçon embrasser Jori, sans avoir demandé s'il pouvait s'approcher.

« C'est le cas, » en convint Jorik. « Son père est très dangereux. »

Venant de lui, ça voulait tout dire. Je regardai de nouveau l'homme-extraterrestre, me demandant comment quelqu'un d'aussi normal, d'aussi... humain, pouvait inspirer un tel respect de la part d'une bête. Une femme était assise à ses côtés. Lindsey, si je me souvenais bien de ce que Rachel m'avait dit, mais je ne l'avais pas encore rencontrée. Elle me sourit de l'autre côté de la pièce et je lui souris en retour. Un vrai sourire, le bonheur se lisait dans son regard, je savais que nous deviendrions amies.

Des centaines de guerriers entraient et sortaient de la salle à manger, comme me l'avaient dit Jorik et le médecin. Apparemment nous étions l'attraction et *tout le monde* voulait voir la jeune épouse de Jorik et son bébé. Je n'étais pas certaine de me souvenir de leurs noms, et certainement pas sur le champ.

« Je suis content que vous soyez là, » dit Kai, en enfournant un aliment vert et feuillu. Il me sourit alors que je le regardais et son visage inquiétant se fit charmant en l'espace d'un instant.

Pourquoi n'avait-il pas de femme ? Il était franchement splendide. Ce n'était pas mon genre mais mes copines sur Terre ne cracheraient pas dessus.

Ou Wulf.

Ou Egon.

Bon sang, n'importe lequel. Tous des mâles alpha sexy, tout aspect cyborg mis à part. Ça les rendait d'autant plus sexy, vigoureux et audacieux à mes yeux. Courageux. Et j'avais mon mec à moi. Nombre de femmes seules et déçues sur Terre seraient plus qu'heureuses de prendre leur pied avec un extraterrestre. Pas étonnant que des femmes se portent volontaires.

Kai termina son repas et essuya sa bouche à l'aide d'une serviette.

« Jorik était incontrôlable avant votre arrivée. Il voulait m'arracher la tête. »

Je jetai un coup d'œil à Jorik, qui changea Jori de place, il était devenu grincheux, et puis le plaça sur son épaule.

« Vous arracher la tête ? Oui, c'est une habitude chez lui, » répondis-je. Je doutais que tous ceux ici présents sachent ce qui s'était passé sur Terre. Ces Atlans n'avaient pas l'air très loquaces. En fait, j'étais impressionnée par le peu d'informations que Kai nous avait fournies.

« Rien de tel qu'une femme... et un bébé pour l'attendrir, » répondit Kai. Il inclina la tête de côté, comme un chiot un peu gêné – plutôt adorable pour un immense guerrier – avant de regarder nos poignets à Jorik et moi.

Kai ne s'aperçut pas que Jorik secouait la tête, trop occupé à me regarder.

« Et les bracelets de mariage ? » Il donna une tape sur l'épaule de Jorik. « Alors vieille branche, elle a refusé ta demande ? »

Des bracelets ? Refuser quelle demande ? De quoi parlait Kai ? Je regardais Jorik, perplexe, qui ne me rendit pas à mon regard.

« Cela ne vous regarde pas. Et je suis loin d'être vieux, Seigneur de Guerre. Vous vous êtes mis à quatre pour me retenir, si mes souvenirs sont bons. »

Kai éclata de rire alors que Jorik se levait. Jori s'agita mais se calma en sentant son père bouger. Jorik s'en était bien sorti la nuit dernière, entre les repas, me permettant ainsi de dormir.

« D'autres guerriers viennent d'arriver et aimeraient faire

la connaissance de notre fils, Gabriela. Je vais leur présenter le jeune guerrier. »

Jorik traversa la pièce et fut encerclé sur le champ par ceux entrés depuis notre arrivée. J'en profitai pour demander à Wulf de me fournir une réponse concernant ce que Kai avait dit. Il secoua la tête et se concentra sur sa nourriture qu'il ne comptait manifestement pas partager.

Sacrés Atlans !

Je n'étais apparemment pas censée savoir de quoi ils avaient discuté. Mais pourquoi ? Ces bracelets de mariage correspondaient à nos alliances sur Terre ? Jorik ne voulait pas m'épouser ? Je devais lui faire ma demande ? Doutait-il ? Pas à propos du bébé, mais de moi ?

Avais-je fait évoluer notre plan d'un soir en autre chose ? Je croyais qu'il m'aimait vraiment hier soir mais il ne me l'avait pas avoué. Oh, nous avions partagé des moments intimes mais était-ce de l'amour ? Il n'avait pas parlé de m'épouser, de ces bracelets, ou de quoi que ce soit dont parlaient ces guerriers Atlans.

Voulait-il de moi ? Ou simplement de Jori, passais-je au second plan ? Un plan cul sur une planète sans femmes ?

Tout le monde savait, sauf moi ?

Je regardais les Atlans autour de moi, tous soudainement très intéressés par leur nourriture.

Le seul autre Atlan marié que j'avais rencontré était Rezzer. Je me tournais là où il était assis avec CJ et leurs jumeaux, je faillis pleurer en voyant les bracelets raffinés à leurs poignets. Des bracelets ouvragés. Magnifiques. Impossible de les manquer.

Les mains sur mes genoux, je frottais mes poignets nus sous la table. Des *bracelets de mariage*. Ils signifiaient quelque chose de bien réel. De permanent. Et moi je n'en avais pas. Jorik ne m'en avait jamais parlé.

La peur me nouait le ventre, j'allais vomir les lasagnes.

Quelle que soit la vérité, Jorik était définitivement amoureux de son fils. Je le voyais secouer la tête à l'autre bout de la pièce, une expression sévère sur le visage. Il tapota le dos de Jori de sa main énorme, se déplaça afin que personne ne puisse l'approcher. Je me mordis la lèvre, essayant de réprimer ma réaction, sans savoir s'il valait mieux rire ou pleurer. Je ne savais presque rien de cette planète, des gens d'ici, de ce qu'ils avaient vécu. Mais rien n'avait d'importance. Je ne me souciais de rien, sauf de mes hommes. Je savais que Jorik prendrait soin de moi, qu'il veillerait sur nous. Il nous protégerait. Mais c'était tout ?

Était-ce suffisant ?

Jorik parti, j'essayai à nouveau d'obtenir des réponses de Wulf.

« Jorik m'a dit que ses intégrations étaient internes. » Je laissai ma déclaration en suspens tout en regardant Wulf, j'espérais qu'il me donnerait une information utile.

« Nous sommes quatre Atlans à avoir participé à cette vaste expérience. Au lieu de nous équiper d'intégrations métalliques ou externes, ils ont forcé notre organisme à accepter des intégrations microscopiques qui ont fusionné au niveau cellulaire. Chaque muscle, chaque os, chaque cellule a subi une amélioration. »

Quoi ?

« Qu'est-ce que ça veut dire ? Vous êtes plus forts maintenant ? »

« Le docteur n'en est pas certain, il n'a jamais vu ça. Mais nous sommes plus forts, oui. Nous guérissons plus vite, nos poumons peuvent respirer l'atmosphère d'ici sans subir d'effet indésirable. »

Waouh.

« C'est incroyable. »

Les seigneurs de guerre Egon et Kai s'arrêtèrent net, la

nourriture à mi-chemin de leurs bouches, devant ma réaction.

« Nous sommes contaminés à un niveau jamais vu auparavant. Nous sommes les pires parmi tous ceux ici. »

Je secouai la tête et posai ma main sur celle de Wulf.

« Non, vous êtes les meilleurs. Les plus forts. Quoi que la Ruche vous ait fait, vous avez survécus. Vous êtes de vrais miracles. Des miracles ambulants. »

Wulf parut choqué mais ne retira pas sa main de sous la mienne. Egon et Kai recommencèrent à manger, leurs joues... s'empourprèrent. Les avais-je mis dans l'embarras ?

« Je suis désolée. Je ne voulais pas vous offenser. » Je ne savais pas trop quoi dire pour bien faire.

Wulf pressa doucement ma main.

« Vous ne nous avez pas offensés, madame, vous nous donnez espoir. »

Je rougis et posai ma main sur mes genoux au moment où Maxim hurla.

« Quoi ? » Maxim se leva d'un bond, sa chaise placée face à Rachel s'écrasa derrière lui. Il s'adressait à un espace vide. « Putain, vous plaisantez. »

Il restait planté, pivota sur ses talons, fit face à Jorik. Tous dans la pièce demeurèrent silencieux, ils regardaient.

« Qu'est-ce qui se passe ? » chuchotai-je à Wulf.

Il haussa les épaules.

« Nous arrivons immédiatement, » lâcha Maxim en appuyant sur un bouton sur le côté de son cou, comme s'il était équipé d'une sorte de dispositif de transmission intégré.

Mais oui. C'était probablement le cas. Tout comme moi. Le neuro-processeur que la Gardienne Egara m'avait donné avant le transport, à Jori et moi, était un appareil qui me permettait de comprendre les Atlans, même si je savais qu'ils ne parlaient pas ma langue.

Maxim s'avança vers Jorik et Rachel suivit, elle confia son petit garçon à quelqu'un qui lui faisait des grimaces. Un bébé mignon, un autre copain pour Jori. Mon bonheur devant l'enfant s'évanouit bien vite lorsqu'il me regarda moi, sans me saluer ni me rassurer. Avec inquiétude.

Je me levai, oubliant les Atlans à table, et me dirigeai vers Jorik et le gouverneur. Rachel avait pâli de stupeur. Que se passait-il ?

« Ici. Maintenant, » dit Maxim à Jorik, mais je n'avais pas entendu ce qu'il avait dit. J'étais trop loin.

Jorik ouvrit grand les yeux, il pâlit. Quelque chose clochait.

« C'est impossible. Gabriela est là, » dit Jorik en m'attirant près de lui. Un geste rassurant, mais je ne me sentais pas mieux.

« Qu'est-ce qui se passe ? » demandai-je.

Maxim ne regardait pas dans ma direction, il ne quittait pas Jorik des yeux, les dents serrées.

« Je viens de recevoir un message de Terre. La femme de Jorik est en train d'arriver. Maintenant. »

Je regardais Jorik, les yeux rivés sur Maxim, il affermit sa prise sur moi.

« Je ne comprends pas, Maxim. Gabriela est déjà là, » dit Rachel.

Maxim secoua la tête.

« Non. Son *Epouse Interstellaire*. Il a passé le test l'autre jour quand il a failli mettre les guerriers prillons en pièces dans l'arène, avant qu'on apprenne pour Gabriela et le bébé. Il n'a pas été retiré du système PEI à leur arrivée, on lui a trouvé une femme compatible. »

Mon cœur battait frénétiquement, je me sentis soudainement nauséeuse. On lui avait trouvé... quelqu'un d'autre ?

« C'est... c'est impossible, » poursuivit Rachel en nous

montrant du doigt. « Regardez-les ensemble. Ils sont parfaits. Ils ont même un bébé. »

« Le test est précis à quatre-vingt-dix-neuf pour cent. Cette femme... la femme en train d'arriver. »

Et moi j'étais quoi là-dedans ? On lui avait trouvé une épouse compatible avec une précision presque parfaite ? Forcément. Je songeais à Jorik. Si séduisant. Si surprenant. Héroïque. Doux. Tendre. Féroce. Dévoué. Intelligent. Assez fort pour survivre des mois, captif aux mains de la Ruche.

Et puis il y avait moi. Une Terrienne qui avait lamentablement achevé ses années lycée. Une simple employée assez stupide pour faire l'amour sans protection et se faire engrosser. J'étais ici, sur la Colonie, non pas parce que j'étais la femme idéale pour Jorik. Non, j'étais ici à cause du bébé.

Jori était la seule raison pour laquelle j'avais été autorisée à venir ici, pour demeurer avec Jorik. Le bébé était la seule raison pour laquelle la Gardienne Egara connaissait mon existence. Si elle n'avait pas lu l'article sur le poids de Jori à la naissance... si je n'étais pas tombée enceinte, elle ne m'aurait jamais contactée. J'aurais passé mes journées au travail, à vendre des glaces aux touristes. Jorik serait ici, à la Colonie. Marié à la femme idéale.

Il ne faisait aucun doute qu'elle était forcément sublime. Jorik était trop séduisant pour se prendre un thon. Je n'avais aucun doute là-dessus, cette femme serait magnifique. Intelligente. Amusante. Sexy.

Et pas moi.

12

$\mathcal{J}$orik

« Il doit s'agir d'une erreur, » dis-je en arpentant le couloir avec Gabriela, Rachel et le gouverneur. Jori était sur mon épaule, comme s'il avait échappé à mon étreinte. Des gens nous dépassaient mais je ne leur prêtais pas attention. Ils nous regardaient, peut-être encore une fois, ils n'avaient peut-être pas entendu parler de Jori. Nous ne nous étions pas arrêtés, certainement pas. Une épouse venait d'arriver ? Maintenant ? Pour moi ?

L'arrivée d'une Epouse Interstellaire était toujours une excellente nouvelle. Je l'accueillerais sur la Colonie, pour qu'un autre homme l'épouse. Pas moi. Elle avait été envoyée sur Atlan, pour moi. Il y avait beaucoup de valeureux guerriers ici, des guerriers atlans qui seraient heureux de veiller sur elle, qui la comblerait. Ferait son bonheur.

Il était impossible que j'en épouse une autre. C'était

impossible. J'aimais Gabriela. Je n'avais pas de place pour une autre femme. Je n'en voulais pas d'autre. Ma bête non plus. Tout mon être appartenait à la petite humaine qui marchait à mes côtés. Chaque cellule de mon corps lui appartenait. Ma bête était d'accord. Elle ne grogna pas, ne hurla pas, ne réagit pas face à la nouvelle annoncée par Maxim. Elle était calme. Contente que Gabriela soit à nos côtés, notre fils dans nos bras, mon âme, pour la première fois de ma vie, était en paix.

Je m'étais débarrassé de son odeur dans la baignoire, mais ma bête n'avait pas besoin de baigner dans son parfum pour être satisfaite. Elle n'avait pas besoin des bracelets de mariage, même si je tenais à les porter – fièrement – pour que toute la planète soit au courant du mariage. Gabriela était à moi – à nous – et Jori en était la preuve.

Je n'avais pas besoin d'une putain d'intelligence artificielle pour me dire qui aimer. J'avais choisi. Ma bête avait choisi. Et Gabriela avait accepté ma proposition. Elle était à moi. Je n'en désirais pas d'autre. L'idée de toucher une autre femme, de perdre Gabriela, hérissait ma bête, elle n'était pas en proie au désir, mais à une frénésie meurtrière. Moi vivant, personne ne me prendrait Gabriela.

L'Epouse Interstellaire de Terre en choisirait un autre.

« Pas d'erreur possible. Elle vient d'arriver. » Maxim pressa l'allure, forçant Rachel et Gabriela à quasiment courir pour suivre ses longues enjambées. Ils ne semblaient pas s'en préoccuper, nous étions tous aussi impatients de rencontrer cette femme.

« D'où ? D'Atlan ? » demandai-je. J'adorais l'allure de Gabriela dans sa robe traditionnelle atlanne, ma bite palpitait malgré ma déprime. Elle ne savait rien de ma planète natale. Rien, mais je m'en fichais.

« Non. De la Terre. »

J'entendis la respiration de Gabriela s'accélérer. J'étais

aussi étonné qu'elle. Il était logique que le test m'ait trouvé quelqu'un de la même planète puisque j'avais été attiré par Gabriela. Mais pourquoi n'avais-je pas été attiré par *toutes* les femmes de la Terre quand j'y étais ? Pourquoi Gabriela, précisément ? Sûrement parce que c'était ma femme.

Non. Non ! *C'était* ma femme. Il y avait eu erreur lors des tests. Cette humaine était venue jusqu'à moi par erreur. Elle était destinée à un autre.

La porte de la salle de transport s'ouvrit devant nous et Maxim entra le premier, suivi de Rachel. Je tendis la main à Gabriela mais elle passa devant moi dans la pièce. Je n'avais pas d'autre choix que la suivre avec Jori juché sur mon épaule. J'aperçus immédiatement la petite femme sur la plateforme de transport. Ma femme. Ma *prétendue* femme.

Elle était petite, avec des cheveux châtain clair sur les épaules. Elle portait une robe traditionnelle atlanne, comme on est en droit de s'y attendre de l'épouse d'un guerrier atlan. Elle portait une robe bleu clair, presque identique à celle que j'avais choisie pour Gabriela ce matin.

Ma couleur préférée pour une femme.

L'humaine se retourna en nous entendant arriver, j'aperçus son visage. Elle fronça les sourcils.

« J'ai l'impression de vous connaître, » dis-je subitement. Effectivement. Mais elle ne paraissait pas inquiète, nerveuse ou surprise. Plutôt ... limite agacée, elle m'attendait.

Elle me souriait, visiblement nerveuse maintenant, et descendit les marches de la plateforme surélevée.

« Je suis si contente. Ta bête me connait déjà. »

Une voix douce, presque raffinée.

Je me renfrognai. Ma bête l'ignorait complètement, pas intéressée le moins du monde. Elle était trop occupée à épier notre femme réfugiée près de la porte. J'étais quasiment convaincu qu'elle aurait déjà quitté la salle si je ne tenais pas Jori aux bras. Quelle scène bouleversante. Mais il n'y avait pas lieu de s'inquiéter. Elle était à moi, et j'étais à elle. Cette humaine ne signifiait rien pour moi, hormis quelques heures désagréables. Les Atlans s'affronteraient pour la séduire lorsqu'ils apprendraient son arrivée, elle avait été affectée sur Atlan. Parfait, je pourrais bientôt retourner tringler et faire jouir Gabriela. Sauvagement. Bien profondément.

Merde.

L'humaine fit un pas timide vers moi, regarda autour d'elle et s'arrêta.

« Je n'ai jamais été dans l'espace, mais je suis... très heureuse d'être ici, d'être ta femme. Je sais que j'ai trente jours pour me décider, mais tu es sublime. Je n'en aurai pas besoin. J'accepte ta proposition, Guerrier. »

Elle en était sûre, au bout de quelques secondes ? Rien ne paraissait... normal. Si elle était la femme de ma vie, mon âme-sœur, j'aurais ressenti *quelque chose*. Assurément. Tout, sauf un total désintérêt. Ma bête éprouvait la même chose pour elle qu'envers le technicien chargé du transport. Je me tournai vers Maxim qui, pour une fois, parut confus.

Je me rappelais la première fois que j'avais vu Gabriela. Elle était passée devant le poste de garde en allant au travail. Ses cheveux longs et lisses étaient tirés en arrière. Elle m'avait regardé et avait souri. Ces yeux sombres avaient croisé les miens et bam. Un vrai coup de foudre. J'étais resté figé et l'avais dévisagée. Je l'avais regardée continuer dans la rue, j'avais fixé la courbe de ses hanches, ses fesses pleines. Ma bête avait hurlé. Ronronné. Haleté. Moi aussi.

Mais elle ? Cette Terrienne était soi-disant ma partenaire idéale ?

Je ne ressentais rien. Le néant.

« Je m'appelle Rachel. » Dame Rone s'avança. Elle avait heureusement suffisamment de jugeote pour faire preuve de courtoisie. Ce n'était pas la faute de cette humaine s'il y avait eu erreur. N'est-ce pas ? Rachel serra la main de la femme, puis désigna Maxim. « Je vous présente mon époux. »

« Oh, un Prillon. Un seul ? »

« Oui, un de mes deux époux. »

« Je suis le gouverneur, » dit enfin Maxim en adressant un signe de tête à l'humaine. « Si vous voulez bien m'excuser, je dois vérifier quelque chose. » Il se dirigea vers le technicien chargé du transport et se posta à côté de lui près du pupitre de commandes.

« Quel est votre nom ? » lui demanda Rachel.

« Oh, je m'appelle Wendy. »

« Vous êtes américaine ? »

Une américaine. Un des centres de test des épouses se trouvait là-bas. En...

« De Miami. »

Rachel sourit, en bonne diplomate, salua la pauvre femme qui était venue rencontrer son mari, et qui serait bientôt déçue, lorsqu'une lueur d'espoir parut.

« Tu travaillais au Centre des Epouses, » lui dis-je, comprenant enfin pourquoi je l'avais reconnue. « Gardienne... Morda ? »

Elle me décocha un magnifique sourire. Elle n'était pas très attirante pour une femme – trop mince, pas assez douce. Trop petite. Du moins pour ma bête et moi. Nous préférions les femmes plantureuses, bien en chair.

Gabriela était *l'élue*.

Une *gardienne* du Programme des Epouses Interstellaires pour épouse ?

La Gardienne Morda souriait – elle était différente quand elle souriait. Heureuse.

« C'est vrai. Je suis heureuse que tu t'en souviennes. Tu m'as aidé une fois, au niveau du portillon d'entrée. »

Je m'en rappelais très vaguement. J'avais aidé tant de monde, des bénévoles du Programme des Epouses et de la

Flotte de la Coalition. Elle ne m'avait pas tapé dans l'œil mais je n'osais pas le lui avouer pour le moment.

Rachel me regarda, ainsi que Wendy, et puis moi à nouveau. Elle comprit que je n'avais plus rien à dire, et poursuivit, comblant le vide de la conversation, en attendant que le gouverneur se magne le cul et *rectifie cette erreur*.

« Comment avez-vous atterri ici puisque vous étiez gardienne au Centre de Recrutement des Epouses Inter-stellaires ? »

Wendy haussa les épaules, à nouveau intimidée. Trop mielleuse. Je ne l'imaginais pas chevauchant ma bite, en train de jouir, de me supplier de continuer – comme Gabriela hier soir.

« Je ne sais pas. Qui sait ? J'ai marié tant de femmes. Je n'ai pas de famille, du moins aucune avec laquelle je puisse vivre. Pas d'animaux ou quoi que ce soit. Je me suis dit pour-quoi pas ? Pourquoi ne pas trouver l'homme idéal ? Tant de femmes ont trouvé le *leur*, c'était mon tour. Et me voici, compatible avec toi. On m'a dit que le taux de compatibilité était de quatre-vingt-dix-neuf pour cent. » Elle se tourna vers moi, son visage vira à l'écarlate. « Ce qui signifie que nous sommes compatibles à tous points de vue, n'est-ce pas ? »

Gabriela poussa une exclamation derrière moi. Wendy l'ignora. Complètement. Elle n'avait d'yeux que pour moi. Et Jori. « Tu... as un bébé aux bras. »

Je l'avais oublié, mais la fierté m'envahit et je tapotais à nouveau son dos.

« Oui, c'est mon fils. »

Elle écarquilla grand les yeux.

« Tu... tu as un *enfant* ? »

« Oui, avec Gabriela. » Je me tournai pour indiquer ma femme. Elle se tenait près de la porte, bras croisés sur la poitrine. Elle avait l'air... petite. Méfiante. Il était évident qu'elle n'était pas du tout ravie par la présence de la Gardienne Morda... Wendy. Moi non plus. Plus vite ce problème serait résolu, plus vite elle et moi nous en irions.

« Mais... mais... que fait-elle ici ? » demanda Wendy. « *Je suis* ta femme. Nous sommes compatibles. »

Je regardai le gouverneur qui nous avait rejoints, espérant que le problème serait vite résolu. Mais non.

« Elle a raison. J'ai obtenu confirmation via le listing des Epouses Interstellaires. Wendy Morda *est* votre femme. Il n'y a pas eu d'erreur de transport. Les tests font ressortir une compatibilité quasi parfaite. » Il pencha la tête vers Wendy, qui me regardait.

« Que tu aies déjà un enfant n'est pas grave. J'ai toujours voulu être mère. Je t'aiderai à l'élever. »

Elle était folle ?

« Je n'ai pas besoin d'aide, Wendy. Il a déjà une mère. Il y a erreur. »

Wendy s'avançait vers moi, j'ignorais comment m'y prendre sans lui faire de peine, sachant qu'elle éprouvait des sentiments pour moi. Je connaissais Gabriela, je savais à quel point un cœur humain pouvait être fragile. Je ne voulais pas faire de peine à Wendy – mais elle n'était pas ma femme. Elle ne le serait jamais.

Ma femme se planta à côté de moi. Je ne l'avais pas entendue approcher.

« Donne, je vais le prendre, » chuchota Gabriella, les mains tendues vers Jori.

Wendy s'approcha.

« Non, ça va aller, » dit-elle, comme si elle avait son mot à dire concernant notre bébé. « Je pensais qu'il faudrait attendre... environ neuf mois pour avoir un bébé. Mais c'est encore mieux. J'ai non seulement un mari, mais un enfant. »

Elle avait l'air si sérieuse, si impatiente. Je ne ressentais... rien. Du dégoût, peut-être. Elle pensait que nous aurions un bébé dans neuf mois ? Ça voulait dire... putain, ça voulait dire qu'elle voulait s'y mettre tout de suite. Maintenant. Elle était prête à adopter Jori ?

Plutôt crever.

« Jorik, » chuchota Gabriela, interrompant mes pensées. « S'il te plaît. »

Je lui tendis Jori mais dis à Wendy

« Il y a erreur. Je suis désolé. J'ai déjà une femme. Gabriela est ma femme. »

Wendy jeta un coup d'œil sur Gabriela, puis sur moi.

« Vous ne portez pas de bracelets. Elle en porterait si vous étiez mariés, non ? »

Gabriela se figea, son regard se posa sur moi, je n'aimais pas ce regard. Soupçonneux ? Accusateur ? Dubitatif ?

Peiné ?

Merde. Wendy disait vrai. Je n'avais pas parlé des bracelets de mariage à Gabriela parce que je ne les avais pas avec moi. Je voulais lui faire la surprise quand ils arriveraient d'Atlan. Je voulais me mettre à genoux et lui offrir mon cœur, lui laisser mettre les bracelets à mes poignets, qu'elle me prenne pour époux.

J'attendais ce moment. Ma bête l'exigeait. J'avais demandé à ce que les bracelets arrivent de ma planète natale, mais je n'avais pas envisagé que ce léger retard poserait problème. Gabriela était à moi. Je lui appartenais. Je n'avais besoin d'aucune autre preuve tangible, Jori excepté.

Jusqu'à aujourd'hui. Maintenant.

« Jorik ? » m'interrogea Gabriela, la voix pleine de sous-entendus.

Je me tournai vers elle et vis son regard. Son sourire avait disparu. Sa... vie. Sa vitalité. Comme évanouie avec l'arrivée de Wendy. Exsangue. Jori commençait à s'agiter, elle le berça et lui tapota le dos.

« Il a faim. Je dois l'allaiter. »

« Je t'accompagne, » je voulais être n'importe où sauf ici, n'importe où, excepté avec *elle*.

Et avec Gabriela *uniquement*. Cette humaine osait m'éloigner de ma véritable épouse ?

« Attends ! » dit Wendy. « Et moi ? »

Je la regardai, puis regardai Gabriela.

« Vas-y, » dit doucement Gabriela. « C'est ta femme. »

« Mais... »

Gabriela secoua farouchement la tête.

« Vas-y. Occupe-toi d'elle. De tout ça. » Elle agita sa main en l'air, englobant toute l'assemblée. Wendy. La plateforme de transport. Tout ce bordel. Je fis volte-face et la porte s'ouvrit silencieusement derrière moi. Gabriela prit Jori et s'enfuit. J'aurais tant voulu pouvoir la rejoindre. Mon cœur lui appartenait, j'avais envie de la suivre avec un désespoir qui faisait hurler ma bête.

Je regardai le gouverneur, qui haussa les épaules.

« Je vais envoyer une requête sur Terre. Je ne sais pas trop quoi faire. Je n'en avais jamais entendu parler auparavant. Je dois contacter Prillon Prime pour connaître le protocole. »

J'étais heureux de constater que même lui approuvait Gabriela en tant que femme légitime. *Contrairement* à Wendy, quoi qu'en disent les tests. Qu'il doute lui aussi me soulageait quelque peu.

« Combien de temps ça va prendre ? » demandai-je, désespéré d'avoir à passer du temps avec Wendy, au lieu de retourner auprès de Gabriela. Mais je n'étais pas un homme cruel. Cette pauvre femme avait traversé la galaxie car elle s'attendait à m'épouser. Elle me désirait.

Ce n'était pas sa faute si je ne voulais pas d'elle. Je pouvais au moins me montrer courtois. Lui offrir ma protection jusqu'à ce qu'un nouveau mari lui soit trouvé. Techniquement, à l'heure actuelle, elle m'appartenait. Etait sous ma responsabilité.

Une petite main prit la mienne. Je baissai les yeux. Wendy. Elle me regardait en souriant.

« Ne t'inquiète pas. Tu verras. Je suis si contente d'être là. Nous serons très heureux ensemble. »

Elle se hissa sur la pointe des pieds pour essayer de m'embrasser. Dieu merci elle était si petite que sa bouche m'arrivait à peine à l'épaule.

Je reculai, tendis les mains pour la repousser, comme les guerriers qui voulaient toucher Jori à la cafétéria. Ils s'étaient montrés impatients, mais doux. Mais là ? Wendy Morda essayait de m'embrasser ?

J'étais révolté. Ma bête ne la supportait pas.

Comme si, par cette tentative d'intimité ratée, tout ce que j'avais dit sur le fait d'avoir déjà une femme, sur Gabriela, ne comptait pas. Elle était perturbée ? Malade ? Ou elle s'en fichait complètement ?

Merde.

13

J orik

« On n'est pas chez toi, » dit-elle en me précédant dans la pièce. Elle regarda autour d'elle en fronçant les sourcils.

Je contemplai l'appartement. Des murs blancs, un sol foncé. Un petit lit, pas assez grand pour un Atlan, encore moins pour deux Prillons et leur femme. Une table, une chaise et une machine S-Gen. Je savais qu'une salle de bain se trouvait derrière la porte de gauche.

« Non. C'est pour les invités. »

Les gens de passage.

Elle se retourna et me regarda.

« Je croyais que nous irions chez toi. » Elle s'approcha et posa sa main sur ma poitrine. « Pour... apprendre à se connaître. »

Je reculai et me cognai au mur devant son sourire séducteur. Bon sang, cette petite bonne femme avait réussi à me faire reculer. Là où la Ruche avait échoué.

Ma bête grogna pour qu'elle reste à l'écart, mais cela produisit l'effet inverse. Elle se rapprocha si près que je sentis sa poitrine se presser contre mon ventre. Elle passa sa jambe entre les miennes, frotta sa chatte contre ma cuisse. Je sentais sa chaleur, ses tétons durcis.

Je serrai les poings, non pas pour ne pas la toucher, mais pour ne pas l'envoyer valdinguer à travers la pièce. Elle avait de l'audace, c'était une fonceuse. Une tête brûlée.

« Wendy, » dis-je entre mes dents.

Elle posa sa main sur ma bite, fronça les sourcils et leva les yeux.

« Tu es bien membré mais tu ne bandes pas. » Elle me sourit. « Je sais comment y remédier. »

Elle se lécha les lèvres, commença à ouvrir mon pantalon d'uniforme à l'aide de ses petits doigts.

« Je me demande si les Atlans apprécient une bonne fellation. On me dit que je suis douée. Un vrai aspirateur. »

Je ne savais pas ce qu'était un aspirateur, mais on aurait dit qu'elle était coutumière du fait, je ne comptais pas faire partie de son tableau de chasse.

« Ne t'inquiète pas, j'avale. Jusqu'à la dernière goutte. » Elle m'adressa un clin d'œil. « Mon cher époux. »

Putain, non. Le terme *'époux'* annihila ma peur. Oui, j'avouais avoir un peu peur de cette humaine. Elle ne me faisait pas mal physiquement mais se montrait agressive et débridée. Trop débridée. Et je ne voulais pas me déshonorer en la blessant.

Je ne voulais pas qu'elle me suce. Je ne voulais pas lui donner la moindre goutte de sperme. Il était réservé à Gabriela.

Gabriela.

Je pensais à elle en ce moment-même, seule. Avec Jori. J'allais me faire sucer par une autre pendant que ma famille était ailleurs sur la base.

« Non, » grognai-je en l'attrapant par les épaules. « Je n'ai pas besoin que tu me suces. J'aime Gabriela. C'est ma femme. Pas *toi*. Il y a erreur. Je ne sais pas pourquoi. Je ne sais pas comment. »

Elle me regarda, horrifiée, avant de s'effondrer. Les larmes lui montèrent aux yeux, ses épaules s'affaissèrent.

« Tu ne veux pas de moi ? »

Je ne répondis rien, mon explication était on ne peut plus claire.

« C'est à cause d'elle ? Je peux t'apporter autant qu'elle. Et plus encore. Elle vient d'avoir un bébé. Elle doit avoir des vergetures. Des seins flasques. Elle a pris du poids. » Elle caressa sa hanche. « Tu ne veux pas d'une version plus jeune ? Plus en forme. Ferme. Je peux faire des choses qu'elle ne peut pas faire. »

« Gabriela est la mère de mon fils. Ma femme. Je suis désolée, Wendy. Je ne peux pas te donner ce que tu attends. »

« Mais *je suis* ta femme. » Elle me suppliait, caressait mon corps, tendit la main et prit mon visage dans ses mains. « Je suis plus jolie, Jorik. Et je t'aime plus qu'elle. Je peux te donner des enfants. Beaucoup d'enfants. Je serai une bonne mère. Tu verras. » Elle se pencha en avant, pressa ses lèvres contre l'uniforme au niveau de mon torse.

Plus jolie ? Non. Wendy avait un visage aquilin, plus semblable à un Prillon que ma douce Gabriela, avec ses joues rondes et douces, ses lèvres pulpeuses. Tout était doux et accueillant, féminin et beau chez ma femme.

Elle osait se prétendre supérieure à Gabriela ? Elle avait souligné tant d'attributs concernant ma femme, les énumérant comme autant de défauts, qui n'étaient en fait que des atouts. Elle venait d'avoir *mon* bébé. Les petites lignes rouges sur son ventre indiquaient qu'elle avait porté mon enfant, l'abritant en son sein. Sa poitrine n'était pas tombante – si ce terme voulait bien dire ce que j'imaginais – des seins ronds, lourds et très sensibles. Leur poids supplémentaire était une bénédiction. Elle était trop mince avant, du moins pour moi. Maintenant, j'avais des formes à empoigner, à caresser, à pénétrer. Elle répondait en tous points à mes désirs.

Mais cette femme ? Wendy Morda ? Elle était mince et tonique, mais osseuse. Pis encore, sa personnalité me tapait sur les nerfs, me tourmentait plus encore que la Ruche. J'espérais que Gabriela serait un jour ma femme. Wendy voulait l'éloigner de moi. Je ne la laisserais pas faire.

J'attrapai ses poignets que j'écartai de mon visage. Je la repoussai tout doucement, en dosant ma force.

« J'ai déjà une femme, Wendy. Choisis quelqu'un d'autre. »

« Je ne veux personne d'autre, Jorik. C'est toi que je veux. Ça a toujours été toi. »

Je tournai les talons, ouvris la porte et partis en la laissant en plan. C'était impoli mais je m'en fichais. Si je restais, elle ne tarderait pas à me sauter dessus.

Arrivé au Centre de Commandement, j'allai voir directement le Gouverneur Rone, interrompis sa conversation avec Kiel, le Chasseur everian, et m'exprimai sans attendre.

« Cette humaine n'est *pas* ma femme, » criai-je, en montrant la porte qui s'était refermée. « Elle me fout la trouille. »

Le gouverneur esquissa un sourire qu'il réprima.

« La seule femme autorisée à toucher ma queue est Gabriela. Je me fiche qu'elle soit compatible à cent pour cent grâce aux tests. Wendy. Morda. N'est. Pas. Ma. Femme. »

Kiel eut le bon sens de s'éloigner, sachant que quoi qu'il

partage avec le gouverneur, même une invasion de la Ruche, n'était pas aussi important que ce qui me préoccupait.

« Passez-moi la Gardienne Egara. Immédiatement, » ordonna le gouverneur.

Je me tenais à ses côtés, face au grand écran sur le mur. Une femme aux cheveux noirs, au visage agréable, se matérialisa à l'écran moins d'une minute après. Je l'avais déjà rencontrée durant mon séjour sur Terre. Je tenais mes seuls contacts de la Coalition ; je n'avais eu aucun contact au sol avec le Centre des Epouses, hormis les gardiennes. Elles étaient libres d'aller et venir n'importe où sur le terrain, on les trouvait souvent du côté des combattants, en coordination avec le représentant de la Flotte.

« Gouverneur, quel plaisir de vous voir. J'espère que Rachel va bien. »

Je savais que Rachel s'était mariée grâce au Centre des Epouses, c'était gentil de sa part de demander, bien que je n'en aie rien à foutre.

Je m'avançai afin qu'elle m'accorde son attention.

« Gardienne, on m'a attribué une femme. »

Son sourire changeait grandement sa physionomie. Elle était plutôt jolie.

« Oui, comment vont Gabriela et le bébé ? Félicitations, d'ailleurs. »

« Merci. Ils vont bien. Mais je ne parle pas de Gabriela. Je parle de la femme qui m'a été attribuée via le Centre des Epouse. »

Elle semblait perplexe.

« Gabriela est votre femme, Seigneur de Guerre. Je me suis personnellement chargée d'organiser son transport avec votre fils jusqu'à vous, sur la Colonie. »

Ma bête poussa un grognement de frustration.

« Gardienne, il fait référence au test de l'autre jour, »

précisa le gouverneur. « Une compatibilité a été établie, elle vient d'arriver il y a peu. »

« Ce n'est pas possible. Comment s'appelle-t-elle ? »

« Wendy Morda. »

Elle écarquilla grand les yeux.

« Laissez-moi vérifier. »

Je retins mon souffle alors qu'elle regardait vers le bas, elle travaillait probablement sur une des tablettes dont on se servait au Centre sur Terre.

« Putain de merde, » chuchota-t-elle. Elle nous regarda avec de grands yeux, comme abasourdie.

« Qu'y a-t-il, Gardienne ? » lui demandai-je, essayant de garder mon calme.

« Vous me dites que Wendy Morda est à la Colonie ? En ce moment-même ? »

Je tressaillis en pensant à sa main sur ma verge.

« Oui. Et elle se revendique haut et fort comme étant mon épouse. »

« Les données du test montrent qu'une compatibilité a été établie, » ajouta le gouverneur.

« Oui, le test le prouve, » confirma-t-elle. « Cependant, le test a échoué. Il n'y a aucune trace de sa participation. Elle n'est pas compatible avec vous. »

Je poussai un soupir de soulagement. *Dieu merci.*

« Alors comment se fait-il qu'elle figure dans le système ? » demanda le gouverneur.

« Je ne sais pas. Elle a accès au système, aux données. Je crois qu'elle a falsifié les dossiers et s'est attribuée Jorik d'office. »

Je fulminais, la rage coulait dans mes veines, je repensais au jour de mon évasion et de mon sauvetage – le jour où le Capitaine Mills avait contacté la Terre.

« Comme le jour où je vous ai contacté, Gardienne, où vous m'avez appris que Gabriela en avait épousé un autre ?

Le jour où vous m'avez menti en omettant de me parler de mon fils ? »

« Pardon ? » La gardienne semblait vraiment confuse et je poussai un soupir de soulagement, alors même que ma bête menaçait de donner libre court à sa rage pour saccager la pièce. La gardienne n'était pour rien dans cette vaste farce. C'était flagrant. Et c'est elle qui avait marié Rachel au gouverneur, envoyé d'autres épouses, envoyé Gabriela et mon fils vers moi. Je pouvais lui pardonner, mais pas celle qui avait renié ma femme et épouse.

« Quand ça ? »

« Le jour où l'équipe de reconnaissance est venue nous chercher sur Latiri 4, j'ai contacté la Terre, Miami, le centre des épouses, j'ai demandé des nouvelles de ma femme. On m'a dit qu'elle me croyait mort et avait épousé un humain. »

« Un instant. » Les doigts de la gardienne voletaient sur sa tablette, elle ne quittait pas l'écran des yeux. « Bon sang. Il n'y a aucune trace de cet échange. Aucune trace de quoi que ce soit. » Ses joues se marbrèrent, devinrent rouge vif, ses yeux flamboyaient de fureur. « Je vais creuser le dossier mais je crois savoir ce qui s'est passé. »

« Est-ce la procédure normale sur Terre ? Mentir aux guerriers qui attendent une épouse ? Pour nous leurrer ? » demandai-je, soudainement inquiet pour les hommes de la Flotte de la Coalition. Les guerriers se battaient et mouraient pour protéger les planètes de la Coalition. Et leur récompense ultime, leur femme, arrivait-elle sur la base de mensonges ? J'en étais malade.

« Mon Dieu, non. » La gardienne eut l'air triste un bref instant, avant de jeter un nouveau regard à sa tablette. « J'aurais dû mieux la surveiller. C'est ma faute. Je ne partage normalement pas de données personnelles, mais le fichier de Wendy Morda a fait l'objet d'un signalement, Gouverneur. Elle a passé plusieurs fois le test des épouses, sans succès. Elle n'a jamais terminé les tests, qui se sont à chaque fois achevés brutalement. Elle n'a pas le profil psychologique nécessaire pour être compatible en tant qu'épouse. »

« Comment peut-on échouer à un test ? » demandai-je. « Je n'avais pas envie de le passer, je me suis contenté de m'asseoir et je me suis endormi. J'ai rêvé. »

Elle acquiesça.

« Oui, parce que vous êtes équilibré. » Je ne comprenais pas. « J'ai passé des mois à me faire torturer par la Ruche. Vous appelez ça 'équilibré' ? »

« Comparé à la Gardienne Morda, oui. » Elle soupira et délaissa sa tablette. « Je suppose que vous l'obsédiez depuis votre séjour sur Terre, Seigneur de Guerre. Je soupçonne que Wendy a reçu la communication quand vous avez contacté la Terre, elle vous a menti à propos de votre femme et votre fils, afin de pouvoir vous cacher son test de comptabilité. » La gardienne se massait le front du bout des doigts, comme si elle avait la migraine. « Je soupçonne, Jorik, qu'elle a fait ça pour vous avoir pour elle. »

Je tressaillis en pensant à ce qui aurait pu se passer. Bien qu'anéanti, j'avais pris ce qu'on m'avait dit pour argent comptant. Je m'étais fait à l'idée que Gabriela vivrait le restant de ses jours avec un humain. Si Gabriela était arrivée un jour plus tard, tout aurait été fichu. Je me serais fié au test des épouses, qui essayait de rendre Wendy Morda – et ma bête – heureuse. J'aurais accepté ma nouvelle épouse avec respect, j'aurais essayé de l'aimer.

Cette pensée me glaçait jusqu'à la moelle.

Le gouverneur avança d'un pas, poings serrés. Je n'étais pas le seul à être bouleversé par la nouvelle.

« Et vous lui avez permis de conserver son poste au centre de recrutement ? » demanda le gouverneur.

« Elle est tout à fait capable de faire fonctionner nos systèmes informatiques, Gouverneur. Cependant, échouer aux tests *aurait* dû l'exclure des protocoles de test, elle aurait dû rester ici, sur Terre. »

Il croisa les bras sur sa poitrine.

« Sauf qu'elle n'est *pas* sur Terre. Elle est ici. »

« Et elle veut m'épouser, » ajoutai-je.

« Je la considère comme perturbée mentalement, Gouverneur, » dit la Gardienne Egara. « S'il vous plaît, emprisonnez-la et renvoyez-la moi dès que possible. »

« Je la trouverai, Gardienne, mais elle a enfreint la loi de la Coalition, pas celle de Terre. Quand je l'aurais trouvée, elle partira sur Prillon Prime, dans une prison de la Flotte. Le Prime Nial décidera de son sort, » répondit-il en m'administrant une tape dans le dos. Brutalement. Ma bête accueillit la bourrade avec joie, avec l'assurance que tout se passerait bien. Gabriela était ma femme. Wendy partirait sur Prillon Prime et assumerait les conséquences de ses actes.

« Je vais la chercher. Elle n'opposera aucune résistance, » ajoutai-je. « Elle me désire, un peu trop ardemment à mon goût. Je lui ai fait comprendre, dès son arrivée, que Gabriela était ma femme, qu'il y avait erreur. Je le lui ai répété après l'avoir emmenée dans les appartements réservés aux hôtes. Wendy sait que je ne veux pas de cette union. »

« Elle sait pour Gabriela et le bébé ? » demanda-t-elle.

Je confirmai.

« Oui, elle les a rencontrés à son arrivée, m'a assuré qu'elle voulait quand même de moi, que nous avions une famille toute prête et qu'elle serait heureuse de s'occuper de Jori. »

La gardienne se leva brusquement.

« Où est-elle ? »

Je me tournai vers le gouverneur, qui s'était raidi.

« Je l'ai laissée dans l'appartement réservé aux invités. »

« Vous ne courez aucun danger, Seigneur de Guerre, »

dit la Gardienne Egara. « Mais Gabriela est peut-être en danger. Vu ce que j'ai appris aujourd'hui, je dirais que Wendy est suffisamment déséquilibrée pour imaginer devenir votre femme et la mère de Jori si elle parvient à se débarrasser de Gabriela. »

« Ce n'est pas logique. Ce ne sera jamais le cas, Gardienne. Ni moi, ni ma bête, ne l'accepterons. »

La gardienne arborait un air sinistre.

« Ce n'est pas une question de logique, Jorik. Mais d'obsession. »

Le gouverneur croisa mon regard, l'inquiétude que j'y lus décupla la mienne.

« Où est Gabriela ? Et votre fils ? »

Je regardai mes poignets nus, les bracelets qui auraient assuré la sécurité de Gabriela – maximale – manquaient. Ma peau sans bijou se moquait de ce que j'avais promis à ma femme. L'amour. La protection. La sécurité.

« Je ne sais pas. »

Je ne sais pas.

J'étais vraiment un mari de merde. J'avais laissé Gabriela s'éloigner sans penser à l'endroit où elle irait. J'avais suivi la menteuse, la traîtresse, la femme qui pourrait nuire à mon épouse, je lui avais permis de poser ses mains sur moi. De me parler. De me désirer. Oui, je l'avais rejetée, mais je n'étais pas allée retrouver ma femme. J'étais venu ici. Chez le gouverneur, j'avais laissé ma femme sans protection.

Le gouverneur se tourna vers son officier chargé des communications.

« Contactez Kiel et son groupe de chasseurs. J'ai besoin de ses capacités de pistage. Et envoyez un message à tous les postes de garde. Nous devons retrouver ces femmes. Exécution. »

« Oui, monsieur. » Le guerrier prillon fit un signe de tête

et m'adressa un bref regard. Bref. Rapide. Mais j'y avais lu ce qu'il ne voulait pas que je décèle.

Le chagrin. La compassion. Comme si ma femme et mon fils étaient déjà perdus.

Merde.

abriela

JE RESTAIS DEBOUT à contempler mon fils, les larmes coulaient sur mes joues. J'étais épuisée. Entre le transport, nos parties de jambes en l'air, les besoins de Jori – et Jorik – j'étais plus que vidée.

Mais ce n'était que de la fatigue physique, Rachel assurerait le baby-sitting, une sieste me ferait du bien.

Mais mentalement, j'étais une épave. Qu'est-ce que j'allais faire ? Jorik avait une nouvelle femme, une femme choisie pour être compatible avec lui à tous points de vue.

Qui étais-je ? Je ne voulais pas être celle qui avait piégé un homme avec un bébé dont il ne voulait pas. Il aimait évidemment Jori et je ne voulais pas le quitter.

Tout était parfait hier encore. Et aujourd'hui ?

Aujourd'hui, j'étais la troisième roue du carrosse sur une planète inconnue. Jorik avait désormais une épouse terrienne spécialement choisie pour lui. Si je le gardais pour moi, je volerais le bonheur potentiel de Jorik et Wendy.

Ils étaient presque parfaitement compatibles. Comment nier l'évidence-même ?

Elle avait l'air plutôt gentille. Elle était timide. Petite. Beaucoup plus mince que moi. Plus jeune.

Mon Dieu. Mais pourquoi je pensais à ça ?

« Dors, mon chéri. Je te promets qu'on va s'en sortir. » Je me penchai et déposai un baiser sur son beau petit visage. Il ressemblait chaque jour un peu plus à son père. Un vrai Atlan. Le même teint que Jorik. Le même visage. Le même nez. Et ces yeux ? Je fondais quand mes hommes me regardaient.

Je laissai Jori faire sa sieste, fermai la porte de la chambre, m'assurai que le baby-phone était allumé – Jorik m'avait montré comment faire la nuit dernière, comme je n'arrivais pas à dormir, trop inquiète – et me rendis dans le salon. Le canapé était trop mou. Trop confortable pour l'agitation que j'éprouvais en ce moment.

J'avais allaité Jori. Je l'avais changé. Joué avec lui. Embrassé. Bercé. J'avais fait tout ce que je pouvais pour ne pas penser à Jorik et Wendy, seuls. En train de parler. Quelque part. Peut-être plus que parler d'ailleurs.

Est-ce qu'il était en train de tomber amoureux d'elle ? Est-ce qu'il la regardait et pensait – *Hé, elle est jolie. Est-ce que je me serais planté ?*

Je m'assis à la petite table de la kitchenette, posai mes avant-bras sur la table et contemplai mes poignets nus.

Y avait-il une raison qui expliquait pourquoi il ne m'avait pas offert les bracelets de mariage ?

« Evidemment qu'il y a une raison, imbécile. » Je ne voulais pas dire cette raison. Je ne voulais même pas y songer, mais les faits parlaient d'eux-mêmes, au fond de mon esprit. Que je la verbalise ou pas, la vérité était la vérité. Jorik ne m'avait jamais offert ses bracelets parce que je n'étais pas la bonne. Je n'étais pas du genre à attendre des années, à espérer une bague en diamant et une demande en mariage. Même si nous avions un bébé ensemble, je ne serais jamais rien de plus qu'une mère nourricière pour lui.

Rezzer, l'Atlan, arborait fièrement ses bracelets. Tout comme sa femme, CJ. Bien qu'on m'ait demandé de l'appeler Caroline pour ne pas la confondre avec sa fille. Les petits CJ et RJ. Les jumeaux. L'étrangeté de leur prénom me fit sourire, j'aurais aimé que les choses soient comme hier. J'étais heureuse, ivre de bonheur, totalement ignorante de la vérité.

Je n'étais *pas* compatible avec Jorik. Je n'étais pas destinée à être sa femme. Notre rencontre, mon voyage ici ? Une grossière erreur. Non, la place de Jori était ici. Avec sa mère, mais pas avec Jorik.

Evidemment, je l'aimais. Je l'aimais trop. Je l'aimais assez pour le laisser partir.

Le bébé s'agita, émit comme un petit roucoulement, j'essuyai une larme sur ma joue. Jori irait voir son père. J'y veillerai. Il méritait de connaître Jorik, cet Atlan aimait son fils. Il avait des choses à lui apprendre sur Atlan dont j'ignorais tout. De nouvelles coutumes qu'il devrait connaître. Il était grand et deviendrait immense comme son père. Il avait besoin des conseils de Jorik.

Mais je ne pouvais pas rester ici et le regarder tomber amoureux d'une autre, garder mon calme alors que les mois passaient et que Jorik s'apercevait qu'il avait commis une terrible erreur.

Il resterait à mes côtés par respect. Je le savais. C'était un homme bien. Il n'abandonnerait pas la mère de son fils.

Mais il pouvait m'en vouloir, me voir par obligation, et non par plaisir.

J'étais avec lui – vraiment avec lui – depuis moins de

deux jours. Comment pouvait-il avoir des sentiments réels et durables pour moi après une si courte période ?

« De la même façon que je l'aime. » Je me parlais à moi-même, mais ça ne m'aidait pas. Je n'avais jamais eu de chance. Ni en famille, ni avec mes relations, ni en amour. S'imaginer que tout changerait soudainement était insensé, j'avais appris très tôt dans ma vie qu'il ne fallait pas croire aux chimères. C'est ce que c'était – une chimère. Un rêve.

Et maintenant, il était temps de se réveiller et retourner au boulot. J'avais un fils à élever.

Je n'avais pas apporté grand-chose avec moi hormis le survêtement et le T-shirt miteux que j'avais sur moi et la couverture de Jori. J'utilisai la machine S-Gen pour me faire un sac à main de taille moyenne et le remplis de trucs pour Jori, cette tenue terrienne ne tiendrait pas bien longtemps. Je pris mon fils, trouvai le chemin de la salle de transport, je retournerais à Miami. Vers la réalité. Jorik pourrait lui rendre visite là-bas.

La gardienne Egara s'occuperait du droit de visite. Je ne savais pas comment cela fonctionnerait, ni même s'ils ramèneraient Jori sur Terre. Je dirais que j'avais des circonstances atténuantes, d'autant plus que la gardienne m'avait fait venir ici au départ. Elle comprendrait sûrement. Je présume qu'il me faudrait trouver une autre solution sur Atlan au pire.

La seule chose dont j'étais certaine, c'était que je ne pouvais pas rester ici, sur la Colonie, regarder Jorik en aimer une autre.

J'étais forte. Il le fallait, mais cela m'anéantirait. Jori avait besoin d'une mère forte, pas d'une mère anéantie.

Je ne pleurais plus quand on frappa brièvement à la porte. Jorik serait entré tout simplement, je compris qu'il s'agissait d'un visiteur. Je songeai à une femme, vu le coup hésitant. Peut-être Rachel ? Venue s'apitoyer sur mon sort ?

Ou venue essayer de me convaincre que tout se passerait
bien ?

J'ouvris la porte à l'aide de ma paume comme j'avais vu
Jorik faire, surprise de voir Wendy me dévisager. Nous
faisions la même taille, sa robe bleue atlanne était presque
identique à la mienne. Un moment irréel, comme si je regardais une nouvelle version de moi, plus jeune et plus mince.

Elle était trop pâle, des cheveux châtains plus clairs, pas
ce noir magnifique dont j'avais toujours été fière, mais pas
franchement déplaisante. J'essayais de ne pas la détester,
mais j'avais vraiment du mal en dépit de mes efforts.

« Wendy. Quelle surprise. »

Où était Jorik ?

Wendy haussa les épaules comme pour s'excuser,
esquissa un demi-sourire.

« Bonjour. On peut discuter ? »

C'était la *dernière* chose dont j'avais envie mais j'acquiesçai et reculai pour la laisser entrer.

Elle ne bougeait pas, son regard se porta sur le sac à
main que j'avais posé à côté de la porte.

« On pourrait marcher ? Je ne voudrais pas être impolie
mais je n'ai pas envie que Jorik nous voit ensemble. »

J'étais au moins d'accord sur ce point. Il n'avait pas
besoin de me voir dans cet état. Ni de voir que je risquais
éventuellement d'étrangler Wendy sur place.

M'asseoir sur cette garce rachitique pour lui couper la
respiration suffirait peut-être.

« Jori fait la sieste. Je ne peux pas le laisser. »

Wendy sourit.

« Oui, j'imagine. »

Le seigneur de guerre Kai se posta devant moi et
m'adressa un sourire rassurant.

« Je peux le surveiller pour vous. Je le protégerai au péril
de ma vie. Vous avez ma parole."

Je faisais confiance à cet Atlan, je savais qu'il irait jusqu'à mourir pour protéger le fils de Jorik, je hochai la tête et sortis dans le couloir. « Vous êtes ma première baby-sitter. Surtout ne dites rien à Rachel. »

Il hocha la tête comme si on lui avait confié une mission de la plus haute importance, comprenant sans aucun doute que Rachel serait fâchée si elle découvrait qu'elle n'avait pas eu la primeur.

« Je viens de lui donner le sein, il dort. Je devrais être de retour avant son réveil. »

Kai sourit.

« J'avais presque quinze ans quand ma mère a eu ma petite sœur. J'ai l'habitude des bébés. »

C'était bon à savoir.

« Ok. » Et je voulais parler avec Wendy. Seule. « Merci. »

Il fit un signe de tête et je sortis dans le couloir, la porte coulissante se referma derrière moi. Wendy me suivit, je me retournai pour lui demander où elle voulait aller et aperçus la bandoulière de mon sac à main sur son épaule. Je voulus dire quelque chose mais décidai de n'en rien faire. Elle voulait manifestement faire preuve de gentillesse. Les sacs à main sont monnaie courante sur Terre, la majorité des femmes ne sortent jamais sans.

Peu importe. Elle ferait office de porteur. C'était la seule satisfaction que je retirerais de cette journée infernale et bouleversante. J'allais faire une dépression nerveuse XXL avant de rentrer sur Terre si mes émotions continuaient de me jouer des tours. J'avais peut-être besoin de séjourner en caisson ReGen un certain temps. Du temps pour 'moi'.

« Kai m'a fait visiter. La base est magnifique, n'est-ce pas ? »

Je n'avais presque encore rien vu, seulement ce que j'avais aperçu par les grandes fenêtres de la cafétéria. J'étais trop occupée par mes orgasmes pour me soucier de la base.

J'acquiesçai en silence et continuai de marcher pendant que Wendy nous menait de couloir en couloir, passant devant un grand jardin avec des plantes que je connaissais.

« Un rosier ? » demandai-je.

« Oh, oui. J'imagine que Rachel n'a pas apprécié leurs parterres clairsemés à son arrivée. Elle a commencé à importer des plantes de partout. De toutes les planètes. Kai m'a montré de jolies fleurs violettes et vertes originaires d'Atlan. J'ai hâte de tout visiter. »

Waouh, elle savait déjà tout ça en si peu de temps. J'étais ici depuis plus longtemps et je n'en savais rien. A vrai dire, j'étais occupée à faire l'amour avec Jorik. Ça voulait peut-être dire... non, je ne devrais pas penser à ça...Jorik et Wendy en train de faire l'amour.

« Oui, ce serait bien, » répondis-je d'un ton neutre. Ou pas, si j'étais bannie avec mon fils extraterrestre. Mais je ferais avec. J'étais bien placée pour savoir que les Atlans aimaient les glaces.

La voix de Wendy se fit mielleuse.

« Oui. J'y ai songé tant de fois. Je serai avec Jorik » – elle me regardait par en-dessous – « et son fils, bien sûr. Nous aurons sans doute deux ou trois autres enfants, il a l'air si viril. Tous grands et forts, comme leur père. »

J'aurais dû répondre quelque chose de gentil, *d'agréable*, mais les mots restaient comme coincés dans ma gorge. Je gardai le silence.

Nous avions dépassé le jardin et nous étions engagés dans un autre très long couloir. Il n'y avait personne ici, le couloir débouchait sur une sorte de débarras. De grandes boîtes longeaient les murs, des conteneurs portant les marques de codes de transport comme ceux que j'avais vus dans la pièce lors de mon arrivée. Je n'avais aucune idée de ce qu'ils contenaient. Je m'en fichais.

Je me tournai vers elle, bras croisés sur la poitrine.

« Que faisons-nous ici, Wendy ? Et de quoi vouliez-vous me parler ? »

J'aurais pu avoir peur si je ne faisais pas le double de cette femme. A vrai dire, j'étais impatiente. Agacée.

« Je voulais vous parler de Jorik. »

Mon œil.

« Je vous écoute. »

« Et de Jori. »

Je faillis péter les plombs.

« Jori n'a rien à voir avec notre conversation. »

Elle se tordait les mains sur son ventre en faisant les cent pas. Elle était agitée. Elle avait l'air... désespérée.

« Je veux que vous sachiez que j'aime Jorik. Je l'aime depuis longtemps. »

Je la regardai bizarrement. Depuis longtemps ? Elle n'était arrivée sur cette planète qu'il y a quelques heures tout au plus. Elle avait dit qu'ils s'étaient rencontrés sur Terre, mais Jorik l'avait tout juste reconnue.

« Comment est-ce possible ? »

« Je vous l'ai dit – à tous, dans la salle de transport – je travaillais avec lui au Centre de Recrutement des Epouses. J'étais aux anges quand j'ai appris que j'étais compatible avec Jorik et ai décidé de me marier. C'était le rêve. »

Je la croyais volontiers. Salope.

Comme je ne bronchais pas, elle continua de marcher, à me tourner autour, je devais constamment me tourner pour l'avoir à l'œil.

« Il est si grand, si gentil et si courageux. Et je sais que son fils sera comme lui. J'aime déjà Jori. » Elle arrêta de faire les cent pas et sourit, les yeux embués de larmes. « C'est un si beau bébé. »

Elle l'avait vu deux minutes à peine. En tout et pour tout.

« Effectivement. »

« Je voulais vous dire que je l'aimerai comme mon propre fils. Je prendrai soin de lui. Je vous le promets. »

Je fronçai les sourcils. Comme son propre fils ?

« Quoi ? » J'avais bien entendu ? « C'est *mon* fils. Je le ramène sur Terre. »

Elle se mit à pleurer et secoua la tête.

« Oh, non. Jorik ne sera pas d'accord. Il sera triste. »

Oui, il sera triste.

« Il viendra nous voir. »

« Mais Jori est mon fils, » dit-elle d'un ton pleurnicheur. « Vous ne pouvez pas l'emmener sur Terre. Il ne m'aimera pas si vous l'éloignez de sa mère. »

Je posai ma main sur ma poitrine.

« Je suis sa mère. » Il était temps de foutre le camp d'ici. Cette salope était folle. Je devais avertir Jorik. « Je m'en vais. » Je pivotai sur mes talons pour partir mais trop tard. Wendy se jeta entre moi et la porte, sa longue robe s'enroula autour de ses jambes.

Je restai pétrifiée lorsqu'elle sortit un pistolet laser de sa poche latérale.

Merde. Je levai lentement les mains.

« Votre compte est bon, » dit-elle à voix basse. « Vous avez raison. Jorik vous aime. Il m'a dit qu'il ne voulait pas de moi. Qu'il vous aime, vous et son fils. »

Elle leva son flingue et me fit signe de me décaler sur la droite, vers une des bennes de stockage. Je me déplaçai dans la direction indiquée sans jamais la quitter des yeux. Nous étions seules. Personne ne viendrait à mon secours. Jori était en sécurité, même Kai ne savait pas où nous étions.

Cette folle ne toucherait pas à mon fils. Ou à Jorik. Qui m'aimait. Il lui avait dit qu'il m'aimait. Il ne pouvait pas se mettre avec elle. Il ne *voulait* pas d'elle.

Je n'avais jamais ressenti le besoin de rire et crier en

même temps, jusqu'à aujourd'hui. Mon cœur battait si fort que je le sentais tambouriner dans mes oreilles.

Wendy leva son arme, une lueur de folie dans le regard.

« Entrez dans ce bac. Je ne compte pas vous tuer, je suis une mère maintenant, pas une meurtrière, mais vous devez partir. Jorik ne m'aimera pas tant que vous serez là. Jori ne m'aimera pas si vous restez là. Vous devez vous en aller. »

Je ne compte pas vous tuer. Mais elle le ferait. Je le voyais à son air hagard, un vrai regard de fanatique. Elle était manifestement obsédée par Jorik lorsqu'il travaillait au Centre des Epouses sur Terre. Assez obsédée pour le suivre dans l'espace, sur une autre planète. Trafiquer un test et être compatible.

Assez dingue pour penser qu'il l'aimerait si elle me tuait. Que mon fils l'aimerait. Qu'elle prendrait ma place si je disparaissais. Que Jorik ou n'importe qui d'autre sur la Colonie s'accommoderait de mon départ et accepterait que Wendy devienne la mère de mon fils.

Mon fils.

Elle essayait de me voler ma famille.

M'éclipser pour donner à Jorik une chance d'être heureux avec sa femme légitime était une chose.

Mais là ? C'était de la folie. Je bouillais de rage. Cette femme menaçait mon enfant. Mon homme. Ma *famille*.

Je la buterais au moindre mouvement. On ne plaisantait pas avec une bête atlanne. Tout le monde le savait. Mais une femme dont le bébé était menacé ? Oh, bordel. Wendy allait déguster.

J'enjambai prudemment la caisse ouverte, une jambe après l'autre, je me retrouvai debout, devant elle, la caisse m'arrivait à la taille. Comme si je me tenais dans une énorme boîte vide.

« Vous n'êtes pas la femme de sa vie, » lâcha-t-elle. « Et vous le savez. » Wendy leva son pistolet laser et visa ma poitrine. « Je le fais pour Jorik. Vous verrez. Il finira par m'aimer. »

Je secouai la tête.

« Non, Wendy. Certainement pas. Même si vous me tuez. Même si je ne suis plus là. Il ne fondera jamais de famille avec vous. C'est *moi,* sa famille. »

Elle poussa un cri perçant, la folie se lisait dans ses yeux vitreux, sur ses lèvres crispées. Je n'aurais pas dû me moquer d'elle.

Elle appuya sur la gâchette, un flash m'atteignit en pleine poitrine.

Je tombai, m'effondrai dans la caisse. Je luttai pour remplir mes poumons d'air tandis qu'elle refermait le couvercle et tapait dessus pour le clore hermétiquement. L'obscurité m'oppressait fortement.

Il y eut comme un mouvement brusque, j'entendis Wendy marmonner alors que le déplacement s'arrêtait brutalement. La caisse tomba et moi avec, mais cette douleur supplémentaire était un pet de lapin comparée à la brûlure dans ma poitrine. La voix de Wendy me parvenait de l'autre côté du couvercle.

« Je vais vous envoyer loin, là où ils ne vous trouveront jamais, plus jamais. » Elle frappait sur le couvercle, sifflait comme un serpent. « Jorik est à moi. »

Merde. Merde. Merde.

Je retenais ma respiration, mes poumons me brûlaient mais je ne pouvais rien faire. J'ignorai la nausée qui me donnait envie de vomir, tandis que je changeais de position et serrais mes genoux contre ma poitrine. J'avais le vertige, une douleur pire que mes migraines habituelles, je levai les pieds, j'aurais bien voulu porter des bottes de combat comme celles de Jorik, et non ces jolies ballerines bleues.

Cela n'avait pas d'importance. Peu importe que mes

pieds soient en sang, pourvu que je sorte de cette caisse et que je sauve mon fils.

Jorik ? C'était un seigneur de guerre. Il était féroce, fort et courageux.

Mais Jori ? Mon bébé ? Un innocent. Petit. Fragile.

J'allais tuer cette putain de salope à mains nues.

Je frappai contre le couvercle de la caisse de toutes mes forces.

L'électricité s'accumulait dans l'air ambiant. Oh merde, je savais ce que ça signifiait. La plateforme de transport s'était mise en marche. Pour m'envoyer Dieu sait où. Probablement au fin fond de l'espace, où je mourrais en quelques secondes. Tout ça pour que cette salope essaie de me voler ma famille. Et elle pouvait y parvenir. Elle avait organisé son transport jusqu'ici depuis la Terre.

Je fermai les yeux et donnai un autre coup de pied. Encore. Et encore. Il fallait que je sorte. Que je sauve ma famille.

Le vrombissement montait en puissance, mes cheveux se dressèrent sur ma tête, se plaquèrent sur mon visage telle une chape d'électricité statique.

Un autre coup de pied.

Le couvercle se fissura, laissant passer un fin rai de lumière.

Je donnai un autre coup de pied, criai en l'entendant marmonner comme une folle. Il semblait que la plateforme de transport ne fonctionnait pas correctement.

Dieu merci. Ou merci Jorik. Ou cette putain de chance.

Je me débarrassai du couvercle et me levai, les jambes tremblantes, je m'efforçai de me concentrer sur mon ennemi malgré mon mal de crâne. Sur la femme qui voulait me voler mon bébé. Ma vie.

Elle leva les yeux, le regard fou.

« Non ! Non ! » Ses mains se déplaçaient plus vite sur le pupitre de commande du transport.

Je sortis de la caisse en chancelant.

La porte s'ouvrit et Jorik se précipita à l'intérieur avec Wulf, Egon, Braun et le gouverneur. Ils étaient tous armés, pistolets laser pointés sur Wendy. Wulf visa avec une précision redoutable et tira sur la main tenant le pistolet de Wendy. Il valdingua, atterrit trop loin d'elle pour constituer encore une menace.

Elle poussa un cri avant d'éclater en sanglots.

« Non, Jorik. Je t'aime. Nous serons si heureux ensemble ! Tu ne comprends pas ? J'ai fait ça pour toi. Pour nous. »

Il me regarda et n'aimait visiblement pas ce qu'il vit. Sa bête se libéra en une fraction de seconde. Enorme. Féroce. Enragée.

« Non. Gabriela. Ma femme. A moi. »

Ses paroles me galvanisaient. Il m'aimait pour de bon. Il me désirait. Pas elle.

Pas. Elle.

« Non, je suis ta femme, » poursuivit-elle. « Jorik. Ecoute-moi. Je suis ta femme. » Elle s'appuya à nouveau sur le pupitre, agita ses bras au-dessus des commandes de la console de transport. Elle me regardait.

« Ça ne marchera pas. » La voix grave du gouverneur semblait... comme résignée. « Tous les transports ont été verrouillés. »

« Non ! » cria Wendy. « Non. Jorik est à moi. »

Jorik fit un pas vers elle, je reconnus la rage meurtrière que je n'avais vue qu'une fois chez le glacier, juste avant qu'il n'arrache la tête de cet homme.

Wendy n'était pas un homme. C'était une malade mentale, mais pas une guerrière.

Je n'avais pas besoin que Jorik règle ça pour moi.

Et j'étais plus proche.

Je levai une main pour l'arrêter.

« Non, Jorik. »

Trois pas de plus, Wendy me fixait, la peur se lisait dans ses yeux.

« Je l'aime", chuchota-t-elle. C'était censé être une excuse ?

« Il est à moi, » grondai-je. « Tout comme Jori. » La rage me submergeait, je fis quelque chose que je n'avais jamais fait de ma vie. Je la cognai si fort qu'elle tomba par terre d'un coup d'un seul.

La voir tomber ne m'apaisa pas pour autant. La rage explosait dans mes veines. J'étais comme une bête. Elle avait menacé mon fils. Mon bébé.

Je me plantai au-dessus d'elle, m'agenouillai et la chevauchai. Je levai mon poing pour la mettre en charpie mais d'énormes bras Atlans m'enveloppèrent.

Jorik.

« Ma femme. Non. Mains blessées. »

J'éclatai de rire. Devant toutes ces bêtises complètement ridicules qu'il me sortait en pareil moment. Il se fichait que je frappe cette femme, mais pas que je me blesse ?

Je me retrouvai dans les bras de Jorik, me cramponnai à mon mari, me raccrochai à la vie, à la seule chose qui avait un sens en ce moment, Wulf et Egon passèrent devant moi pour s'occuper de Wendy.

« Et Jori ? » demandai-je.

Wulf se tourna vers moi.

« Il est en sécurité avec Kai, qui s'en veut à mort pour t'avoir laissé partir avec elle. »

Wulf releva Wendy et la pauvre femme ne protesta pas. Elle me regarda, brisée, tout comme son nez. Le sang coulait sur son visage, elle aurait à coup sûr un œil au beurre noir.

Bien fait pour ta gueule, salope.

Je n'arrivais pas à me résoudre à la plaindre, malgré ça.

« Emmenez-la en cellule, » ordonna le gouverneur. « Enfermez-la. Je ferai mon rapport auprès du poste de commandement du CRPC sur Prillon Prime. »

« Pas sur Terre ? » demandai-je.

Le gouverneur me regarda.

« Elle n'a pas enfreint les lois de Terre mais les nôtres. »

Oh, merde. Je n'avais pas pensé à ça. Le Programme des Epouses Interstellaires était important aux yeux de la Coalition. Très, très important.

Le Gouverneur Maxim secoua la tête.

« Wendy a non seulement trafiqué le système, mais menti à Jorik concernant sa femme et son fils, truqué sa pseudo-compatibilité, essayé de kidnapper la femme d'un Atlan. Elle va moisir dans les geôles de la Coalition pendant un bon moment. »

Ils emmenèrent Wendy mais je ne bougeais pas, j'avais besoin de sentir les bras de mon Atlan autour de moi.

« A moi. » La bête de Jorik me tenait comme si j'étais un cristal précieux. Tellement doucement.

Je le serrais plus fort.

« Je t'aime, Jorik. »

Nous restâmes ainsi très longuement, et ça me convenait parfaitement.

abriela

« COMME ON DIT SUR TERRE, faut pas me chercher, » dis-je à Wulf qui se tenait à côté de moi dans la salle de transport. Nous regardions la plateforme de transport, et attendions les bracelets de mariage, j'avais découvert que mon mari les avait commandés sur Atlan le jour de mon arrivée.

Le jour de mon arrivée. Toute mon inquiétude concernant le fait de ne pas être la femme idéale, de ne pas avoir les bracelets, aurait pu être évitée s'il me l'avait dit dès le départ.

Il baissa les yeux vers moi, sa main toujours en suspens sur l'écran.

« Je ne pense pas que vous souhaitiez créer de problèmes avec d'autres hommes. Jorik ne serait pas content que vous alliez voir ailleurs. »

Son air des plus sérieux me donnait envie de rire.

« Vous n'êtes pas d'accord ? » demanda-t-il, perplexe.

« Jorik est le seul homme que j'aime. Et Jori me suffit amplement. »

Ses larges épaules se détendirent. Nous avions déjà assez souffert, et j'étais sûre qu'il était soulagé que tout se passe bien.

Je l'étais également. Jorik – avec Jori blotti dans ses bras – discutait avec le gouverneur et la Gardienne Egara. Je ne voulais pas m'immiscer, j'embarquai donc Wulf avec moi pour cette tâche importante.

« Ce que je voulais dire, c'est que je veux passer les bracelets à Jorik. Je n'ai pas envie qu'une autre folle se pointe et essaie de me le voler. »

« Ah. Oui, c'est compréhensible vu ce que vous avez vécu, mais ce ne serait pas à Jorik de vous les passer ? »

« Comme je viens de vous le dire, je préfère ne pas courir le risque, » répondis-je. « Je veux les lui passer aux poignets dès que possible. »

« Vous savez qu'épouser un Atlan ne se borne pas à lui passer les bracelets de mariage. »

J'acquiesçai.

« Je vais chercher les bracelets. Je suis certaine que Jorik s'occupera du reste.

Je me mordis la lèvre, essayant de ne pas sourire en pensant à Jorik prenant les choses en main. J'aimais quand il était sauvage, comme une bête au lit... et ailleurs. Quant à ... l'accouplement ? Je mouillais rien qu'à y penser.

Wulf grogna et se concentra sur ses boutons.

« Commander des bracelets aussi élaborés n'est pas habituel, tout comme votre union d'ailleurs. »

Je fronçai les sourcils.

« Que voulez-vous dire par là ? »

Wulf sourit.

« Jorik n'a plus d'hommes dans sa famille. Plus personne pour lui transmettre une paire de bracelets de mariage. En général, nos grands-pères ou arrière-grands-pères nous transmettent les bracelets à leur mort. La plupart des bracelets de mariage ont plusieurs centaines d'années. »

« Et alors ? » C'était intrigant, et j'étais un peu triste de savoir que Jorik n'avait pas de famille. Mais il en avait. Il nous avait Jori et moi, et je ne le quitterais jamais. Ils devraient ôter de force mes doigts froids et morts de son corps après ma mort. Et même, je reviendrais probablement hanter celui qui m'aurait forcé à le quitter.

« Jorik a créé un nouveau motif pour sa famille. Les bracelets ont été commandés à l'artisan le plus talentueux d'Atlan. Ils valent plus que la plupart des propriétés d'Atlan. »

Nom de Dieu.

« Sérieusement ? » Autant qu'une grosse bague en diamant. Voire, beaucoup plus. « Un peu comme une maison ? »

Wulf poussa un grognement.

« Non. Plutôt comme un château et ses terres. » Il sourit alors que la plateforme de transport vrombissait, mes cheveux se dressaient sur ma tête avec la *désormais* familière électricité statique. « Votre mari est extrêmement riche, comme tous les guerriers atlans. »

J'étais troublée mais ne pouvais quitter des yeux la magnifique boîte qui apparut au milieu de la plateforme. Décorée de sculptures raffinées à l'extrême, je ne pouvais même pas imaginer la beauté des bracelets contenus dans une telle boîte.

« Pourquoi vivez-vous ici puisque vous êtes tous aussi riches ? »

Il fronça les sourcils.

« Nous ne sommes pas les bienvenus sur Atlan. Nous représentons un trop grand risque pour notre peuple. » Il avait l'air triste, un peu perplexe, je ne relevai pas cette remarque. Je demanderais à Jorik plus tard.

Wulf se dirigea vers la plateforme, prit la boîte comme si elle pesait le poids d'une vulgaire boîte à chaussures – alors qu'elle était manifestement en métal massif très solide – et la déposa à mes pieds. Il fit basculer un loquet et souleva le couvercle.

Je baissai les yeux.

« Waouh. » De gros bracelets multicolores reposaient dans un matériau doux et accueillant. Deux paires assorties. La mienne, évidemment beaucoup plus petite. Et ceux de Jorik ? Ils étaient assez grands pour s'enrouler autour de mes mollets, leur sculpture si complexe et détaillée que j'aurais pu les contempler des heures durant. Les bracelets étaient un mélange de différentes matières – platine, étain, or et argent – toutes entrelacées pour former un dessin étrangement hypnotique.

Wulf souleva les plus grands bracelets, se leva et me les tendit.

« Tout le monde les remarquera sur lui, » dis-je en lui prenant la plus grande paire. Ils étaient lourds, solides. Larges. Massifs. Je levai très haut les yeux vers Wulf. « Merci. »

« De rien. Je vais chercher Jorik pour m'assurer qu'il se rende chez vous sur le champ. »

Je soupirai, essayant de calmer les battements de mon cœur.

« Ça me gêne de vous le demander mais vous pourriez surveiller Jori pendant que nous... pendant que nous, enfin, vous comprenez. » Je rougis, même si Wulf savait pertinemment ce que nous allions faire. Les bracelets de mariage signifiaient une chose. La possession. Du sexe sauvage et débridé. « Je lui ai donné le sein il y a peu. Jorik lui a fait faire un tour tout à l'heure, il va certainement dormir un bon moment. »

Il écarquilla les yeux de surprise et me décocha un large sourire. Il était si séduisant. Pas aussi sexy que Jorik, mais tout de même. Un Atlan. J'avais apparemment un *penchant* pour les hommes super torrides. Il rendrait sa future femme très heureuse. Je devais juste espérer que ce serait pour bientôt.

Il fronça subitement les sourcils.

« Je ferai ce que vous me demandez et vous l'enverrai, mais il ne lâchera pas ce bébé. »

Je le regardai timidement.

« Dites-lui que sa femme l'attend, nue. »

Il détourna le regard.

« Sa bête me mettra en pièces si je lui dis que vous êtes nue. »

Je ris, c'était fort possible.

« Je suis sûre que vous saurez comment lui annoncer la chose, si vous voulez vous occuper du bébé. »

Je partis, sachant que Wulf était plus que résolu à faire du baby-sitting. Jorik refusait de laisser Jori sans surveillance depuis le fiasco avec Wendy, malgré le fait que Kai ait fait ce qu'il avait promis et veillé sur Jori.

Nous nous séparâmes, Wulf allait chercher Jorik, je regagnai notre appartement. Nous avions tous les deux une mission, et aucun de nous ne lâcherait le morceau.

———

Jorik

Je déboulai dans notre appartement, partagé entre la colère, l'agacement et l'excitation.

« Ma femme ! » criai-je. Elle n'était pas dans la pièce principale, je m'arrêtai net devant l'entrée de la chambre en la voyant. « Oh putain, » murmurai-je.

Gabriela, ma Gabriela, allongée sur le côté, coude replié, la tête sur sa main. Nue. Une jambe repliée et croisée sur l'autre masquait sa chatte toute douce. Son bras en travers de ses seins couvrait difficilement ses mamelons vue leur opulence, ils ne passaient forcément pas inaperçue.

Un mirage. *A moi.* Magnifique. *A moi.* La tentation personnifiée. *A moi.*

« Gabriela, » murmurai-je. *A moi.*

Ma bête n'arrêtait pas de répéter ce mot en boucle, je bandais de folie, j'avais une érection de dingue.

Je remarquai les bracelets uniquement lorsqu'elle les prit et les fit pendre entre ses doigts. Les bracelets de mariage. Les bracelets que j'avais commandés pour elle sur Atlan.

« Tu es à moi, Jorik, » dit-elle.

Je fis un signe de tête.

« Oui. »

« Je ne laisserai pas d'autres femmes essayer de t'éloigner de moi. C'est la raison pour laquelle je te passe ces bracelets et te demande de m'épouser. »

Je fronçai les sourcils et souris. Gabriela ne faisait jamais rien comme tout le monde.

Non, cela n'avait rien d'étrange. C'était *normal.*

« Oui, ma femme. Où les as-tu eus ? » Elle ne répondit rien. « Ah, laisse-moi deviner. Wulf ? »

Elle haussa les épaules.

« Les bracelets ne font pas tout lors d'un mariage, » rétorquai-je.

« Wulf a dit la même chose. »

Je fronçai les sourcils et avançai d'un pas dans la pièce.

« Ne parle pas d'un autre homme quand tu es nue dans notre lit, ma chérie. »

Elle me regardait par en dessous.

« Wulf a aussi dit... »

« Ma chérie..., » je préférais la prévenir.

« ...la même chose, que les bracelets ne faisaient pas tout dans un mariage atlan. Je lui ai dit que tu t'occuperais du reste. »

Merde.

« C'est exact, » grommelai-je. J'enlevai ma chemise, me déshabillai entièrement en un temps record. « Ma bête et moi savons comment te baiser afin que tu nous appartiennes pour toujours. Ça va être sportif, Gabriela. »

« Ok, » chuchota-t-elle, je la regardai s'agiter.

« Je vais te tringler comme un sauvage. A fond. »

« Jorik. »

« Contre le mur, les bras au-dessus de la tête. »

Elle se redressa et me prit dans ses bras.

« Maintenant, Jorik. »

Oui. Maintenant.

Elle prit un des grands bracelets et me le tendit. Je lui tendis mon poignet et la regardai passer le symbole de notre union à mon bras, puis refermer le fermoir.

Elle me regarda :

« Tu es à moi Jorik. Nous n'avons peut-être pas été choisis par un stupide ordinateur, mais nous sommes faits l'un pour l'autre. » Elle prit le deuxième bracelet qu'elle passa à mon second poignet.

Ma bête ronronnait de bonheur au contact des bracelets froids et massifs. Je savourais leur poids. Je les porterais avec fierté, pour que tout le monde sache que j'appartenais à Gabriela, que j'étais à elle. Corps et âme.

Et son amour m'éviterait de m'inquiéter de l'éventualité de perdre mon sang-froid, de succomber à la fièvre de l'accouplement, de me transformer en bête, et de ne plus être un homme. Les bracelets garantissaient que je lui appartenais pleinement, que je l'aimais, la protégerais et protégerais nos enfants au péril de ma vie.

Ma bête prit le dessus, contente comme pas deux, alors même qu'elle grandissait ... de désir pour elle.

Je me baissai et pris les bracelets posés sur le lit pour les passer à ses poignets. Je lui dis en les lui mettant :

« Tu m'appartiens. A moi et personne d'autre. J'ai su que tu étais la femme de ma vie au premier regard. Jamais plus on ne t'éloignera de moi. Nous ne serons plus jamais séparés. Tu es à moi et je suis à toi. »

Ceci fait, les bracelets ouvragés à ses poignets, elle sauta dans mes bras et m'embrassa. La sensation de sa peau douce, de ses seins pressés contre ma poitrine, de ses fesses dans mes mains, elle tout contre moi... un vrai paradis.

Elle enroula ses jambes autour de ma taille, ma verge pressée entre nous, dure, épaisse et insistante. Je me retournai, l'embrassai et me dirigeai vers le mur le plus proche, la plaquai doucement contre le mur pour la bloquer. Elle sentirait chaque centimètre de mon corps, se rendrait compte de mon pouvoir, de mon sang-froid.

Sentir le poids de mes bracelets à mes poignets me comblait. Ce rituel intime satisfaisait mes besoins primitifs. Gabriela en avait envie. Ma bête en avait envie. Et moi aussi. Cette connexion, le lien définitif qui nous unissait, la rendait encore plus désirable. Je voulais la posséder, la faire mienne, corps et âme.

J'en étais plus sûr que jamais après cet affreux cauchemar avec la gardienne Morda. Mon désir était plus catégorique. Plus pressé. Un besoin de la pilonner faisait palpiter ma verge, je la serrais fort contre moi.

« Jorik, » souffla-t-elle tandis que je léchais et mordillais son cou. D'une main je pelotais ses fesses, de l'autre, je tenais ses poignets au-dessus de sa tête, elle était à ma merci.

Je me frayai un chemin plus bas, descendis sur sa clavicule jusqu'au renflement de sa poitrine, la léchai en effectuant des cercles, allant jusqu'à laver son mamelon. J'étais doux, allaiter Jori les avait rendus sensibles. Je prodiguai mes attentions à l'un, puis l'autre, avant de l'embrasser à nouveau, sa langue trouva la mienne.

Je ne pouvais plus me retenir. Ma bite palpitait, il était grand temps que je la tringle. Mes couilles étaient pleines, prêtes à éjaculer tout mon sperme. Je savais qu'elle ne tomberait pas enceinte puisque le médecin lui avait fait cette injection contraceptive, mais ce besoin primaire de reproduction était toujours aussi vivace. Je lui donnerais satisfaction quand elle serait prête pour un deuxième enfant.

Je reculai, me plaçai de telle sorte que ma queue soit pile face à l'entrée de son vagin.

« Regarde-moi, Gabriela, » grommelai-je.

Elle leva ses yeux sombres et planta son regard dans le mien.

« Je te prends pour épouse. Ici et maintenant. Pour toujours. »

« Oui. »

C'était ce que je rêvais d'entendre, tout ce que ma bête voulait, je la pénétrais profondément, l'attirais contre moi.

Elle poussa un cri, les parois de son vagin se contractèrent, m'enserrèrent. Merde, je ne tiendrais pas longtemps. Sa chaleur humide m'engloutissait.

« Je te prends pour époux, Jorik. Ici et maintenant. Pour toujours. Et maintenant, baise-moi. A fond. »

Oui, ma petite guerrière. Elle avait frappé Wendy Morda avec la force d'une bête d'Atlan, mais je savais que c'était sa rage de mère qui avait parlé. Personne ne toucherait à mon enfant. Savoir que Gabriela était une protectrice si farouche rendait ma bête fière, mon cœur débordait de bonheur.

Je me retirai, la pénétrai violemment, comme elle aimait.

« Oui, ma femme. »

Je laissais ma bête prendre le contrôle, grandir, je la soulevais à mesure que je grandissais. Ma bite grossit en elle, elle pencha la tête en arrière, se mordit la lèvre, j'avais rêvé de la voir comme ça. Elle gémit en sentant ma queue en érection. Ma bête était là depuis tout ce temps, se retenait, attendait son tour.

Elle mourrait d'envie de la tringler, l'heure de l'accouplement officiel avait sonné.

« A moi. » Son grognement était presque un rugissement, elle murmurait mon prénom, encore et encore, au rythme de mes allers-retours dans sa vulve humide, je la pénétrais profondément. Je la faisais mienne pour toujours.

Mes doigts caressèrent les bracelets à ses poignets tandis que je la maintenais en place. Elle n'irait nulle part, ma bite la pénétrait entièrement. Elle plantait ses talons dans mes fesses, me poussait à continuer. Je la baisais rapidement. Brutalement. Sauvagement. Le bruit de nos corps entrechoqués se mêlait à nos respirations saccadées. Nous étions en sueur. Nous nous abandonnions au plaisir à une allure frénétique.

Je me sentais incroyablement bien en elle, je ne voulais pas me retirer. Jamais. Mon plaisir était à portée de main mais je voulais qu'elle jouisse la première. Je passai une main entre nos corps et accédai à son clitoris que je branlais doucement avec mon doigt.

Elle écarquilla les yeux et soutint mon regard.

« Jouis, » ordonna ma bête. « Maintenant. » Elle n'accepterait pas de refus, je pinçai doucement son clitoris.

Ce qui produisit l'effet escompté. Ma femme aimait le sexe brutal, un peu sauvage. Les parois de son vagin se mirent à onduler et m'aspirèrent plus profondément en elle alors qu'elle hurlait de plaisir. Je la baisais mais je n'étais pas en position de force. Ma bête lui obéissait en ce moment, lui donnait tout. Mon corps, mon sperme, mon cœur.

Je poussai un rugissement libérateur, vidai mes couilles pleines en elle.

Je le savais. Nous étions faits l'un pour l'autre. Je la possédais. Elle m'appartenait. Nous n'avions pas besoin des bracelets pour être ensemble.

Je me retournai, me dirigeai vers le lit, toujours profondément enfoui en elle tout en repoussant ma bête. Moi aussi j'avais envie d'elle. Elle était à moi, je voulais baiser dans un lit, enveloppé dans sa douceur. Je nous allongeai doucement sur le matelas, l'installai sur moi. Je ne me retirai pas mais restai en elle jusqu'à ce qu'elle soit prête à jouir de nouveau. Je bandais toujours ; je ne pensais pas que cela changerait de sitôt.

« Quand nous serons calmés, je te goûterai partout, ma femme. Dans les moindres recoins, » dis-je en caressant son dos en sueur.

« Je ne suis pas un cornet de glace, sa tête reposait sur ma poitrine.

Je souris en me la rappelant derrière le comptoir du magasin sur Terre, m'offrant une glace délicieuse à chaque fois que je la voyais.

« Non, mais tu es mon parfum préféré. »

Je nous retournai, elle était bloquée sous moi. Je commençai à l'embrasser, à lécher sa peau, à la goûter. Sa saveur unique. Je ne m'en lasserais jamais.

« Je t'aime, Gabriela. Chaque cellule de mon corps t'aime. »

Sa chatte se contracta, m'enserra à ces mots.

« Jorik. »

Je poussai. Elle gémit, allongea ses bras dans mes

cheveux. Elle attira mon visage vers le sien et m'embrassa. Tendrement.

« Je t'aime aussi. Tu es à moi maintenant. Ta bête et toi. »

Surtout ma bête, mais inutile de le lui dire. Elle avait toute la nuit pour le lui *montrer*.

G abriela, trois jours plus tard

« CE N'EST PAS UN JOUET, » grommela Jorik. Il tenait Jori contre sa poitrine comme un ballon de rugby et n'avait pas l'intention de le lâcher. L'éclat de son bracelet de mariage me rappelait une fois de plus qu'il était à moi, que mon rêve se réalisait enfin.

Jorik était à moi pour toujours.

Wendy était partie depuis longtemps, transportée sur Prillon Prime, escortée par deux chasseurs everians. La Gardienne Egara nous avait assuré à tous que les tests de Jorik avaient été entièrement effacés du système, qu'il n'y avait aucune chance que ce fiasco se reproduise.

Je souris à Jorik mais essayai de le réprimer lorsqu'il me lança un regard furieux. Peine perdue.

« Wulf l'a bien gardé pendant que tu me possédais... »

« Et je n'y suis pas allé de main morte, » murmura-t-il, penché vers moi.

Je ne pus m'empêcher de rougir.

« Effectivement, » confirmai-je. « Mais tout le monde attend son tour. »

« Pour te posséder ? » dit-il pour me taquiner.

« Pour faire du baby-sitting. »

« Si on les laisse faire chacun leur tour, on ne reverra pas Jori avant ses 12 ans. »

Je levai les yeux au ciel.

« N'importe quoi, » répondis-je.

Nous entrâmes dans la cafétéria où plusieurs membres de la Colonie attendaient. Ils nous applaudirent et se levèrent pour nous accueillir, Jorik passa son bras libre autour de mes épaules, bomba fièrement le torse, qui atteignit presque la taille de celui de sa bête. Au début, je n'avais pas vraiment compris la signification des bracelets de mariage. Sur Terre, une alliance était un gage d'amour – pour la plupart des femmes. La femme appartenait à un *homme*. Etait désirée. Aimée. Un signe extérieur qui disait 'bas les pattes'. De la psychologie à deux balles, j'avais essayé de démêler le vrai du faux.

Mais ici ? C'était le contraire. Ces bracelets signifiaient *qu'il* était digne d'appartenir à une femme, de se marier, d'être *choisi*. Le sens me paraissait étrange – bizarre – mais je ne pouvais pas renier ce que je ressentais, et je me demandais si un homme sur Terre éprouvait la même chose que moi maintenant, quand il passait une bague de fiançailles au doigt de la femme qu'il aimait.

Il était *A MOI*. A M.O.I. Et tout le monde le saurait maintenant sur cette planète et toutes les autres. Même Wendy.

J'étais une autochtone. Voilà tout. Je m'étais transformée en une bête indigène primitive.

Et je m'en fichais. On aurait pu me mettre dans un

caisson de transport et limite m'envoyer Dieu sait où. J'avais le droit de pisser sur la jambe de Jorik si tel était mon bon plaisir.

Vu le nombre anormalement élevé d'hommes célibataires sur la Colonie, rares étaient ceux qui trouvaient chaussure à leur pied. Notre histoire était sans aucun doute unique et complexe. Mais nous étions désormais réunis, ma bête avait ses bracelets.

J'aurais dû être choquée quand Jorik m'avait annoncé qu'il ne pouvait pas les enlever – qu'il ne les enlèverait pas – jusqu'à sa mort. Je me sentis au contraire ... heureuse. Pour toujours voulait bien dire ce que ça voulait dire, et ça me convenait parfaitement.

« Je suis si contente pour vous ! » Rachel s'approcha de nous et m'embrassa. « Et en colère. Je vous avais dit de m'appeler si vous aviez besoin de quelqu'un pour garder Jori. Vous aviez *deux* personnes de disponibles. »

« Circonstances particulières, » répondis-je. « Et puis vous devez vous occuper de Max. »

Son petit garçon était dans ses bras. Âgé de presque deux ans, il était grand par rapport à Jori. Il ressemblait à son père, Maxim, avec sa peau cuivrée et ses cheveux bruns. Vu la façon dont Rachel regardait Jori, j'étais quasiment convaincue qu'elle aurait bientôt un autre enfant. Peut-être une fille, blonde comme Ryston, son autre époux.

Elle posa le petit garçon qui s'agitait dans ses bras. Le bambin s'échappa vers ses pères.

« Oui, mais rien de tel que l'odeur d'un nouveau-né. »

« Tout le monde en rang pour tenir Jori chacun son tour, » annonça Jorik.

Je levai les yeux vers lui en souriant.

Il arborait une expression si sérieuse, si sévère. Ce n'était pas un père gentil et doux mais protecteur. Enfin, les deux, mais sa bête veillait farouchement sur le bébé.

« Asseyons-nous, » dis-je en indiquant des sièges.

Il s'assit à contrecœur et garda Jori tout contre lui. Le bébé, réveillé, regardait tout le monde.

Max courut vers Jorik et se planta entre ses genoux écartés. Il tendit son petit doigt potelé.

« Bébé. »

Maxim – je devais le voir autrement que comme le fils du gouverneur – vint le chercher et l'attrapa par les chevilles, tête en bas.

« Mon bébé, » il le balançait d'avant en arrière comme un métronome. Le garçon poussa un cri perçant, son fou rire était contagieux.

« Allez, laissez-moi le prendre aux bras, » dit Rachel, résolue – ou peut-être suffisamment effrontée – pour affronter Jorik en premier.

« Laisse-la le tenir, » murmurai-je.

« Elle s'est lavé les mains ? » demanda-t-il, en la regardant d'un air soupçonneux.

Elle grommela, tendit les mains, Jorik finit par céder. Rachel prit notre fils et le serra contre elle, se pencha et respira son odeur. Je connaissais ce sentiment, cette odeur, ce câlin tout en tendresse, typique d'un nouveau-né. Elle se retourna et partit avec Jori.

« Où elle va bordel ? » lâcha Jorik, en faisant mine de se lever. Je l'attrapai par le poignet, le forçai à se rasseoir.

« Laisse-la. »

« La prochaine fois, annonce-moi qu'il part en navette tant que tu y es. »

Je ris, réalisant qu'un père restait un père, quelle que soit la planète.

« Je pense qu'il devra d'abord apprendre à s'asseoir. »

Wulf s'approcha de nous, bloquant la vue de Jorik. Jorik l'écarta du milieu.

« Otez-vous de mon chemin. Si je ne peux pas tenir Jori, je veux le voir. »

Wulf se déplaça vers la gauche, offrant à Jorik une vue dégagée.

« Félicitations. » Wulf se baissa vers nous, et je tendis mes bracelets. Je ne savais pas que nous devrions rester proches l'un de l'autre, qu'être séparés, qu'une trop grande distance entre Jorik et moi nous procurerait une douleur physique. Je l'avais vécue, j'étais sortie de l'appartement, laissant Jorik sur le lit. J'avais atteint la moitié du couloir lorsque je l'avais ressentie. La douleur, le sentiment horrible de la séparation m'avait submergé. J'avais rappliqué jusqu'à la chambre et sauté sur Jorik.

Il m'avait assurée que je pouvais enlever les bracelets à ma guise, mais que lui ne les enlèverait pas. Un Atlan, m'avait-il dit, endurait fièrement la douleur de la séparation. C'était, selon lui, en souvenir du présent qu'il avait reçu en épousant une femme et rappelait que les femmes empêchaient ceux en proie à la fièvre de l'accouplement de perdre le contrôle de leurs bêtes.

Les hommes. Les mecs. Peu importe. Je n'avais pas du tout apprécié la douleur poignante provoquée par notre séparation. J'enlèverais les bracelets le jour où il partirait en mission.

J'avais presque hâte, sachant à quel point Jorik voudrait les mettre à nouveau à mes poignets. Nue.

Wyatt passa en courant. Il portait une cape autour du cou et une ceinture taille enfant de la Coalition, équipée d'un faux pistolet laser et autres objets portés par la plupart des combattants. Rachel et Wulf m'avaient dit que la mère de Lindsey les avait rejoints, elle et Wyatt, de la Terre.

Sa mère, Carla, souriait maintenant, elle discutait avec un homme prillon plus âgé à l'autre bout de la pièce. Ou plutôt, il était penché vers elle, *très* près.

Il vient de sentir ses cheveux ou quoi ?

Je posai ma main sur le bras de Jorik, à deux doigts de lui poser la question.

Ou pas ...

« Il est vraiment adorable, non ? » demandai-je, en montrant l'enfant.

« Wyatt ? Oui. Un gentil garçon, mais je pense que Jori sera plus grand. Plus fort. »

Je n'avais aucun doute là-dessus.

« Il y a beaucoup de petites filles ici ? » demandai-je. Une chose était sûre, il y avait plus qu'assez de testostérone.

« Tia Zakar. Ses pères sont Hunt et Tyran. »

« Des Prillons ? » je me demandais qui ils étaient vraiment. J'avais entendu parler de Kristin, l'autre humaine ici qui, comme Rachel, avait épousé deux guerriers prillons, mais je ne l'avais pas encore vue. « Kristin ? Une Terrienne ? »

« Oui. Mais elle chasse dans les cavernes de la Base 5 depuis quelques jours. Ses maris l'ont accompagnée. Avec leur enfant bien entendu. »

« Dans des cavernes ? »

Evidemment. Je souris, impatiente de rencontrer une autre humaine, et surtout une, assez effrontée pour entraîner avec elle deux époux prillons afin de pouvoir traquer la Ruche dans des grottes souterraines. Une sorte de Wonder Woman.

« Il y a aussi les jumeaux de Rezzer. Une est une fille. » Jorik regarda autour de lui. On aurait dit qu'il cherchait les jumeaux, mais je savais qu'il surveillait Jori, qui avait quitté les bras de Rachel et était maintenant aux bras d'un Prillon plus cyborg qu'autre chose. Mais il souriait à Jori qu'il tenait affectueusement.

Quand on parle du loup. Deux bambins plus petits passèrent en courant, en criant. La petite fille courait après son frère. Bien qu'elle porte du rose et qu'elle ait des nœuds dans les cheveux, elle était rapide, vu la façon dont elle sauta sur son frère en le serrant fortement dans ses bras et en l'embrassant sur la joue, elle était loin d'être timide.

Rezzer, une bête gigantesque, souleva la fillette et la porta jusqu'à nous.

« Il faut que tu en fasses une, » dit-il en souriant à sa fille. Elle avait la même couleur que lui et lui tapota la joue. « Un grand frère c'est bien mais il te faut une fille. Tu te crois protecteur avec ton fils, Jorik ? Tu verras autre chose. »

Il embrassa la petite fille sur la tête et la posa sur les genoux de Jorik. Elle se leva, se mit debout sur ses cuisses et tapota les joues de Jorik. Il ouvrit grand les yeux et sourit en la tenant pour qu'elle ne tombe pas.

« Ma chérie, je veux une petite fille, » dit-il en regardant CJ pendant qu'il me parlait.

Oui, une fille aussi douce que la petite CJ, vu le regard de Jorik... mes ovaires étaient prêts.

« Elle te ressemblera, » dit-il en se retournant pour me contempler avec une tendresse dont je ne me serais jamais doutée avant de le rencontrer. L'adoration. L'amour. L'entente parfaite.

Mon cœur bondit et je souris.

« C'est d'accord. »

Il écarquilla les yeux et me regarda fixement.

« D'accord ? Maintenant ? »

J'avais eu droit à une piqûre contraceptive au dispensaire mais c'était réversible.

« J'irai voir le médecin pour qu'on puisse s'y mettre le plus vite possible. Mais d'ici là, on peut... s'entraîner. »

Jorik se leva illico, la petite CJ se balançait en l'air alors qu'il la tenait devant lui. Il s'approcha de son père et la lui remit.

Jorik alla chercher Jori, profondément endormi aux bras d'un Atlan.

« Kai ! »

L'extraterrestre se tourna vers Jorik.

« Regarde Jori. »

« C'est ma fierté. » Kai arborait un immense sourire, je compris qu'il craignait que Jorik, ou moi, le blâmions pour ce qui s'était passé avec Wendy. La folle. Je devais arrêter de penser à elle et l'appeler uniquement comme ça, *la folle*.

Jorik prit ma main et m'entraîna vers la porte.

« Attendez ! Je croyais que je devais faire du baby-sitting ! » rappela Rachel.

Jorik se retourna vers elle.

« Occupez-vous-en, amusez-le, sinon vous aurez à faire à ma bête. Si vous voulez bien m'excuser, ma femme et moi avons à faire. »

Jorik se pencha et me jucha sur son épaule avant que j'aie le temps de m'exclamer devant son audace. Comme je m'agitais, il me donna une tape sur les fesses et m'emmena hors de la cafétéria, jusqu'au bout du couloir.

« Tu veux t'entraîner pour avoir une petite fille, ma belle ? On va s'entraîner. On transformera l'essai quand le moment sera venu. »

Je n'allais pas ergoter avec mon mari sur ce point. Je savais, en regardant ses fesses bien fermes tandis qu'il nous ramenait à notre appartement, que j'avais une vie de rêve. Il était fort probable que nous aurions bientôt une petite fille si Jorik en avait décidé ainsi.

Mon rêve devenait réalité.

CONTENU SUPPLÉMENTAIRE

Pas d'inquiétude, les héros de la Programme des Épouses Interstellaires reviennent bientôt ! Et devinez quoi ? Voici un petit bonus rien que pour vous. Inscrivez-vous à ma liste de diffusion; un bonus spécial réservé à mes abonnés pour chaque livre de la série Programme des Épouses Interstellaires vous attend. En vous inscrivant, vous serez aussi informée dès la sortie de mes prochains romans (et vous recevrez un livre en cadeau... waouh !)

Comme toujours... merci d'apprécier mes livres.

http://gracegoodwin.com/bulletin-francais/

LE TEST DES MARIÉES

PROGRAMME DES ÉPOUSES INTERSTELLAIRES

VOTRE compagnon n'est pas loin. Faites le test aujourd'hui et découvrez votre partenaire idéal. Êtes-vous prête pour un (ou deux) compagnons extraterrestres sexy ?

PARTICIPEZ DÈS MAINTENANT !

programmedesepousesinterstellaires.com

BULLETIN FRANÇAISE

OUVRAGES DE GRACE GOODWIN

Programme des Épouses Interstellaires

Domptée par Ses Partenaires

Son Partenaire Particulier

Possédée par ses partenaires

Accouplée aux guerriers

Prise par ses partenaires

Accouplée à la bête

Accouplée aux Vikens

Apprivoisée par la Bête

L'Enfant Secret de son Partenaire

La Fièvre d'Accouplement

Ses partenaires Viken

Combattre pour leur partenaire

Ses Partenaires de Rogue

Possédée par les Vikens

L'Epouse des Commandants

Une Femme Pour Deux

Traquée

Emprise Viken

Rebelle et Voyou

Programme des Épouses Interstellaires:
La Colonie

Soumise aux Cyborgs

ALSO BY GRACE GOODWIN

Surrender to the Cyborgs

Mated to the Cyborgs

Cyborg Seduction

Her Cyborg Beast

Cyborg Fever

Rogue Cyborg

Cyborg's Secret Baby

Her Cyborg Warriors

The Colony Boxed Set 1

Interstellar Brides® Program: The Virgins

The Alien's Mate

His Virgin Mate

Claiming His Virgin

His Virgin Bride

His Virgin Princess

The Virgins - Complete Boxed Set

Interstellar Brides® Program: Ascension Saga

Ascension Saga, book 1

Ascension Saga, book 2

Ascension Saga, book 3

Trinity: Ascension Saga - Volume 1

Ascension Saga, book 4

Ascension Saga, book 5

Ascension Saga, book 6

Faith: Ascension Saga - Volume 2

Ascension Saga, book 7

Ascension Saga, book 8

Ascension Saga, book 9

Destiny: Ascension Saga - Volume 3

Other Books

Their Conquered Bride

Wild Wolf Claiming: A Howl's Romance

CONTACTER GRACE GOODWIN

Vous pouvez contacter Grace Goodwin via son site internet, sa page Facebook, son compte Twitter, et son profil Goodreads via les liens suivants :

Abonnez-vous à ma liste de lecteurs VIP français ici :
bit.ly/GraceGoodwinFrance

Web :
https://gracegoodwin.com

Facebook :
https://www.visagebook.com/profile.php?
id=100011365683986

Twitter :
https://twitter.com/luvgracegoodwin

Goodreads :
https://www.goodreads.com/author/show/
15037285.Grace_Goodwin

Vous souhaitez rejoindre mon Équipe de Science-Fiction pas si secrète que ça ? Des extraits, des premières de couverture et un aperçu du contenu en avant-première. Rejoignez le groupe Facebook et partagez des photos et des infos sympas (en anglais). INSCRIVEZ-VOUS ici :
http://bit.ly/SciFiSquad

À PROPOS DE GRACE

Grace Goodwin est journaliste à USA Today, mais c'est aussi une auteure de science-fiction et de romance paranormale reconnue mondialement, avec plus d'un MILLION de livres vendus. Les livres de Grace sont disponibles dans le monde entier dans de nombreuses langues en ebook, en livre relié ou encore sur les applications de lecture. Ce sont deux meilleures amies, l'une qui utilise la partie gauche de son cerveau et l'autre qui utilise la partie droite, qui constituent le duo d'écriture récompensé qu'est Grace Goodwin. Toutes les deux mamans, elles adorent faire des escape games, lire énormément, et défendre vaillamment leurs boissons chaudes préférées. (Apparemment, elles se disputent tous les jours pour savoir ce qui est le meilleur : le thé ou le café?) Grace adore recevoir des commentaires de ses lecteurs.

9 781795 920292